Das Planequarium-Experiment

Obwohl die angewandte Planetenalchemie seit Hunderten von Jahren streng verboten ist, träumen die Geschwister Erdea und Luto davon, in einem Aquarium ihr eigenes Universum voller Planeten und Sterne zu erschaffen. Vor sieben Jahren zogen sie deshalb in die abgelegene Siedlung Gans Anderswo und widmen sich seither, fern vom Stress und der Hektik der Hauptstadt, ihren Nachforschungen. Durch den zufälligen Fund eines Buches des ominösen Dr. Phla in einer der letzten, verlassenen Bibliotheken des Landes scheint die Umsetzung ihres Traumes plötzlich greifbar. Voller Tatendrang spüren sie den letzten lebenden Planetenalchemisten an seinem Stand beim 13. Markt auf und bitten ihn um Hilfe. Dieser bestärkt sie in ihrem Vorhaben, jedoch nicht ohne vorher eine Warnung auszusprechen.

»Das Planequarium-Experiment« ist eine amüsante, kurzweilige, frei erfundene Geschichte in Dialogform aus der Feder des Schweizer Künstlers und Autors Manuel Süess.

Manuel Süess

Das Planequarium-Experiment

Erschaffe Dein eigenes Universum.

Roman

ART by MANUEL SÜESS

Herausgeber: ART by MANUEL SÜESS

Text, Satz und Gestaltung: Manuel Süess

Korrektorat: Anja E. L. Mathes

Umschlagbild: Enjoy Dancing (2015) von Manuel Süess

ISBN: 978-3-9524087-2-8 (Taschenbuch)

ISBN: 978-3-9524087-3-5 (E-Book)

Besuchen Sie uns im Internet:

www.art-by-manuel.com

für dich

39 | Der 13. Markt

»Ob er heute mit seinem Stand anwesend ist?«

»Hoffentlich. Der Rabenhändler meinte, der Planetenalchemist sei jedes dreizehnte Mal hier.«

»Jedes dreizehnte Mal beim 13. Markt, der alle dreizehn Tage in der 13. Gasse hinter dem Blauen Platz stattfindet. Wer sich das wohl ausgedacht hat?«

»Keine Ahnung. Muss aber erfolgreich sein. Wie ich gehört habe, soll der 13. Markt schon seit 723 Jahren bestehen.«

»Gleich sind wir da. Wir müssen nur noch auf der anderen Seite des Blauen Platzes durch den Durchgang gehen. Dahinter, direkt beim Eingang zum 13. Markt, hat Rupert Rabe gewöhnlich seinen Stand ›Zum schwarzen Raben‹.«

»Hallo, Rupert, ist er heute da?«

»Ja, und er erwartet euch bereits. Ihr findet seinen Stand etwas versteckt hinter dem Händler für garantiert einwandfreie Salzstreuer. Wenn ihr vor dem Katzenhändler steht, seid ihr bereits zu weit gegangen. Obwohl ich einen Besuch dort wärmstens empfehlen kann. Heute hat er ganz süße kleine schwarze Kätzchen im Angebot.«

»Danke!«

»Viel Erfolg!«

»Viele Besucher hat es hier heute.«

»Das bunte Allerlei dieser Stände und ihre exzentrischen Händler sind Grund genug, hierherzukommen. Sie könnten Eintritt verlangen und dennoch wäre hier alles voll.«

»Warte kurz, so einen Glühwein mit gemahlenem Hufeisenstaub wollte ich schon länger einmal probieren.«

»Bring mir auch einen mit!«

»Guten Tag, der Herr.«

»Zwei Glühweine, bitte.«

»Mit oder ohne Schuss?«

»Heute ohne.«

»Hier. Das macht sieben Karmapunkte. Die Tassen sind ein Geschenk des Hauses.«

»Danke.«

»Hier.«

»Das duftet, hm, interessant. Wie dieser Glühwein wohl schmeckt?«

»Wie nichts, das ich je zuvor hatte. Gut und eklig zugleich.«

»Dann nimm gleich noch einen kräftigen Schluck!«

»Das nächste Mal bestell' ich mit Schuss.«

»Mir schmeckt es. Ungewöhnlich, aber dennoch lecker.«

»Vor allem dieser Nachgeschmack.«

»Ja, was ist das? Schmeckt irgendwie metallisch und nach Pferdestall. Ob wohl wirklich gemahlene Hufeisen drin sind?«

»Dort oben steht geschrieben: ›Aus Hufeisen von glücklichen Pferden mit freiem Auslauf.‹«

»Hm, hoffentlich wurden die Hufeisen vor dem Mahlen gewaschen.«

»Ich glaube nicht. Das würde das Pferdestallaroma erklären. Und wer weiß, vielleicht ist auch noch etwas Pferdemist an den Hufeisen hängen geblieben.«

»Der Stand mit den Salzstreuern ist hier. Hm. Er müsste irgendwo dahinter sein.«

»Ich sehe keinen Durchgang. Du? Die Stände stehen hier ganz schön eng beieinander.«

»Da vorne sind bereits die schwarzen Kätzchen. Niedlich.«

»Hm, es muss hier irgendwo sein.«

»Vielleicht sehen wir ihn aus einer anderen Perspektive.«

»Schau, dort hat es einen Spalt zwischen den Ständen. Gehen wir da lang.«

»Das ist aber eng. Hier geht wohl keiner durch, der nicht genau weiß, wohin er will.«

»Guten Tag.«

»Er hat dich nicht gehört.«

»Entschuldigung. Hallo!«

»Hm, ob er wohl taub ist? Tipp ihm auf die Schulter.«

»Nein. Nicht, dass er erschreckt und uns fortschickt. Zu lange haben wir nach ihm gesucht.«

»Warten wir, bis er sich umdreht.«

»Oh, hallo. Ich habe euch gar nicht kommen sehen. War so sehr in meine Arbeit vertieft. Bei mir kommt selten jemand vorbei. Nur die, die wissen, was sie suchen. Doch heutzutage suchen nur noch die wenigsten meine Dienste.«

»Guten Tag. Freut uns, Sie zu treffen.«

»Schaut nicht so erschreckt. Wenn ihr einmal so viele Jahre wie ich auf dem Buckel habt, wird die Spur der Zeit auch in euren Gesichtern sichtbar werden.«

»Entschuldigung, wir kommen ...«

»Ich weiß, ich weiß. Rupert hat mir erzählt, dass mich jemand sucht. Und nur wer sucht, kann mich finden. Ich habe schon alles vorbereitet. Aber seid ihr euch wirklich sicher, dass ihr es versuchen wollt?«

»Ja, seit wir davon gehört haben, wollen wir das Experiment wagen. Es mit eigenen Augen sehen.«

»Ihr wisst, dass es seit dem großen Vorfall vor 659 Jahren streng verboten ist? Wenn ihr von einem Regierungsagenten erwischt werdet, kann es für euch einschneidende Konsequenzen haben.«

»Wir werden vorsichtig sein.«

»Einen Behälter habt ihr bereits? Verwendet aber bitte kein Aquarium. Die sind viel zu wenig stabil und stellen selbst für ausgewiesene Experten der Planetenalchemie ein großes Wagnis dar.«

»Wir haben alles vorbereitet. Genau wie es im alten Buch von Dr. Phla stand.«

»Soso. Ihr habt mein Buch gefunden. Dachte, es seien schon längst alle Exemplare verloren gegangen.«

»Ihr Buch? Nein, das kann nicht sein. Sind Sie schon so alt?«

»Haha.«

»Es ist eine Ehre ...«

»Lass den Quatsch. Wo habt ihr es gefunden?«

»Unten beim Fluss. Kennen Sie die alte Turmruine? Gleich dahinter im Gebüsch haben wir eine Treppe entdeckt. Die führte nirgendwohin. Aber als wir wieder hinaufkamen, da sahen wir hinter dem Felsvorsprung einen Eingang. Die Türe war nicht verschlossen. Wir gingen hinein. Es war stockdunkel. Tags darauf kamen wir mit Taschenlampen zurück und staunten. Bücher, so weit das Auge reichte. Auf einem Tisch in der Mitte fanden wir Ihr Buch. Es lag aufgeschlagen neben einem rostigen Kerzenständer.«

»Hm, das muss die Bibliothek einer meiner Schüler gewesen sein.«

»Können wir Ihre …«

»Nein, ich nehme keine Schüler mehr an. Dafür bin ich zu alt. Habt ihr mein Buch gut studiert? Alle Sicherheitsvorkehrungen getroffen? Nichts ausgelassen?«

»Ja, wir sind bereit für das Experiment.«

»Versprecht mir, dass ihr alles doppelt und dreifach überprüft!«

»Natürlich.«

»Seid nicht so leichtgläubig. Ich meine es ernst. Es kann katastrophale Folgen haben, wenn etwas nicht stimmt. Aber wenn ihr alle Vorgaben einhaltet, wird es ein einmaliges Schauspiel, in dessen Genuss nur sehr wenige kommen.«

»Wir werden alles nochmals überprüfen. Versprochen.«

»Und das Wichtigste, verwendet kein Aquarium!«

»Versprochen!«

»Hm.«

»Wir werden kein Aquarium verwenden. Wirklich. Versprochen.«

»Hm. Na gut. Ich will mal nicht so sein. Aber ich habe euch gewarnt.«

»Wir werden vorsichtig sein.«

»O. K. Hier ist das Planetenpulver.«

»Danke.«

»Und als kleines Extra habe ich für euch hier zusätzlich eine Phiole mit Erdensamen.«

»Erdensamen?«

»Zuerst gebt ihr das Planetenpulver in den Behälter. Gut umrühren. Daraufhin gebt ihr die Erdensamen dazu – wiederum gut umrühren, bis sich alles im komprimierten Wasser aufgelöst hat. Danach verschließt ihr den Behälter so schnell wie möglich. Prüft unbedingt, ob der Behälter wirklich luftdicht verschlossen ist. Zweimal. Dreimal. Erst jetzt schaltet ihr den Laser ein. Auf keinen Fall früher.«

»Verstanden. Genau so haben wir es auch in Ihrem Buch gelesen und uns eine Checkliste erstellt.«

»Hm. Habe ich schon gesagt, dass ihr auf keinen Fall ein Aquarium verwenden dürft?«

»Ja, kein Aquarium.«

»Nehmt das nicht auf die leichte Schulter. Kein Aquarium. Alles doppelt und dreifach überprüfen. Den Laser erst einschalten, wenn alles luftdicht verschlossen ist.«

»Wir werden vorsichtig sein.«

»Hm. Na gut. Ich hoffe es. Nicht dass es wieder so eine Schweinerei gibt wie das letzte Mal. Ich bin schon zu alt dafür. Vielleicht schon bald unter der Erde. Meine Schüler und Schülerinnen, falls noch welche leben sollten, sind in alle Winde zerstreut. Niemand weiß, wo sie sind, und wenn doch, wären sie wohl schon längst verhaftet und eingesperrt worden. Seid euch bewusst, es wird niemand da sein, der euch beim Aufräumen hilft, sollte etwas schiefgehen.«

»Wir werden alles doppelt und dreifach überprüfen. Versprochen.«

»Gut. Es wird ein einmaliges Erlebnis sein. Nun geht und kommt nicht wieder.«

»Danke!«

»Puh, das war aber unheimlich.«

»Mach dir keine Sorgen. Er wollte uns nur ein bisschen Angst einjagen, seinen Part spielen, wie alle anderen Marktfahrer des 13. Marktes.«

»Glaubst du das mit dem Aquarium?«

»Ne.«

»Sollten wir es nicht austauschen?«

»Nein, was sollten wir sonst verwenden? Wir haben unsere ganzen Ersparnisse der letzten Jahre für den Laser ausgegeben.«

»Der Planetenalchemist hat glücklicherweise weder Geld noch Karmapunkte für seine Hilfe verlangt.«

»Die Freude darüber, dass wir sein Buch gelesen haben und sein verrücktes Experiment wagen, war ihm wohl Bezahlung genug.«

»Meinst du, es war wirklich sein Buch? Er war wirklich Dr. Phla? Gemäß dem Klappentext wurde das Buch vor 687 Jahren geschrieben.«

»Hm, das würde sein Aussehen erklären. Oder es ist alles nur ein gut orchestriertes Schauspiel. Wie alles andere hier auf dem 13. Markt.«

»Dann weiter mit dem Aquarium?«

»Ja. Doch zuerst hol ich mir nochmals einen Glühwein mit gemahlenem Hufeisenstaub.«

»Bring mir auch einen mit. Aber diesmal bitte mit Schuss!«

38 | Das blaue Klebeband

»Gehen wir nochmals kurz unsere Checkliste durch.«

»Hm, bis auf das komprimierte Wasser ist alles für unser Experiment bereit, nicht?«

»Fast alles. Gestern habe ich das letzte Stück Klebeband aufgebraucht.«

»Klebeband?«

»Dem Stuhl, auf dem du sitzt, war ein Bein abgebrochen. Das habe ich gestern mit Klebeband repariert.«

»Was? Tatsächlich …«

»Erdea, warum setzt du dich auf einen anderen Stuhl?«

»Damit ich dein Werk besser betrachten kann.«

»Dann sind wir uns einig, dass wir noch Klebeband einkaufen müssen?«

»Ist ein weiterer Stuhl am Auseinanderfallen?«

»Nein, damit wir, falls etwas schiefläuft, vorbereitet sind und es reparieren können. Falls zum Beispiel das Aquarium auseinanderfallen würde, könnten wir es mit dem Klebeband wieder zusammenkleben.«

»Hm, o. k. Du kümmerst dich darum.«

»Gut, ich gehe gleich welches kaufen. Bis später.«

»Bis später.«

»Guten Tag, der Herr.«

»Eine Rolle Klebeband, bitte.«

»Rot oder blau?«

»Die Farbe spielt für mich keine Rolle. Hauptsache, es hält.«

»Das transparente ist leider ausverkauft. Nachschub ist bestellt. Ich kann Sie gerne informieren, sobald es angekommen ist.«

»Nein, ich benötige es noch heute.«

»Heute habe ich leider keines ohne Farbe auf Lager.«

»Dann geben Sie mir bitte ein anderes.«

»Welches?«

»Das blaue.«

»Wie viele Rollen?«

»Zwei.«

»Übrigens, diese Woche haben wir eine Aktion: drei Rollen rotes Klebeband zum Preis von zweien.«

»Gut, dann nehme ich das Aktionsangebot.«

»Zwei Rollen in Blau und deren drei in Rot?«

»Nein, nur die roten.«

»Ich sehe gerade, wir haben nur noch zwei Rollen der Roten auf Lager. Möchten Sie die dritte Rolle nächste Woche abholen kommen?«

»Nein, geben Sie mir stattdessen eine blaue.«

»Doch nur eine Rolle Klebeband? Möchten Sie denn nicht von unserer Aktion profitieren?«

»Ich meinte, als Gratis-Bonus zu den zwei roten. Damit ich nicht gleich nächste Woche wieder hierherkommen muss.«

»Normalerweise geht das nicht. Aber, Sie sind mir sympathisch, da mache ich eine Ausnahme.«

»Danke. Hier, verrechnen Sie es bitte mit den Punkten auf meiner Karmakarte.«

»Karmakarten akzeptieren wir nicht.«

»Was?«

»Kleiner Scherz. Natürlich können Sie mit Ihrer Karmakarte bezahlen.«

»Puh.«

»Hier ist Ihr Klebeband, drei Rollen, deren zwei in Rot, eine grüne und ein kleines Muster der bald erhältlichen doppelseitig klebenden gelben. Blau war leider ebenfalls bereits ausverkauft, aber Sie haben ja gesagt, die Farbe spiele keine Rolle.«

»Arg…«

»Viel Spaß beim Kleben und auf bald!«

»Hoffentlich nicht…«

37 | Dr. Phla verabschiedet sich

»Hallo, Karl, bist du mit deinem geheimnisvollen Stand heute ebenfalls hier?«

»Nein, nein. Ich bin nur auf Besuch. Ich habe eine Botschaft für die zwei und wollte noch ein letztes Mal deine gebratenen Hühnchen genießen.«

»Gebratene Raben.«

»Ach, hör auf. Wir beide wissen, dass du deine geliebten Raben niemals braten würdest.«

»Nicht so laut, die anderen Kunden sollen das nicht hören.«

»Welche denn?«

»Es könnten welche da sein.«

»Glaubst du nicht, dass du mehr verkaufen würdest, wenn du deine Speisen anders deklarieren würdest? Zum Beispiel ›gebratene Hühnchen nach schwarzer Rabenart‹.«

»Nein, meine gebratenen Raben haben eine lange Tradition. Und wo käme ich denn hin, wenn der Schwarze Rabe plötzlich Hühnchen verkaufen würde?«

»Das machst du doch bereits.«

»Aber niemand weiß es.«

»Und niemand kauft es.«

»Du kaufst immer.«

»Ich weiß auch, dass das schwarze Fleisch in Tintenfischtinte marinierte Hühnchenbrust ist.«

»Nicht so laut.«

»Heute sind sie etwas trocken.«

»Sind noch die Reste vom vorletzten Markt.«

»Hm.«

»Halber Preis für dich.«

»Hm. Kannst du eine Botschaft für mich weitergeben?«

»An wen?«

»Du wirst die beiden erkennen, wenn du sie siehst.«

»Welche beiden?«

»Die beiden, die du zu mir geschickt hattest. Die mit dem Aquarium.«

»Du verkaufst jetzt auch Aquarien?«

»Haha. Ich habe sie gewarnt, aber ich bin mir sicher, sie werden ein Aquarium verwenden.«

»Was jetzt?«

»Mach dir keine Sorgen. Sie werden nächstes oder übernächstes Mal wieder herkommen und nach mir fragen. Doch ich werde nicht mehr da sein.«

»Du bist auch sonst nur jedes dreizehnte Mal hier.«

»Auch dann nicht mehr.«

»Wie jetzt?«

»Frag sie, ob sie ein Aquarium verwendet haben. Falls ja ... keuch ...«

»Karl, wieso bist du plötzlich so bleich?«

»Dein Hühnchen ... keuch ...«

»Soll ich einen Arzt rufen?«

»Nein, nein ... keuch ... Gib ihnen ... bitte ... Gib ihnen ...«

»Oh nein, jetzt ist mir der gute Dr. Phla vom Hocker gefallen.«

»Keuch, gib ...«

»Karl, geht es dir nicht gut?«

»Keuch, gib ihnen …«

»Was soll ich ihnen geben? Nicht doch besser dir einen Arzt rufen?«

»Nein … keuch, hier … keuch, Zettel … keuch, danke.«

»O. K., o. k. Ich gebe ihnen den Zettel. Doch jetzt rufe ich dir erst einen Sanitäter.«

»Wie haben Sie das gemacht?«

»Ich habe nichts getan. Ich habe nichts verbrochen. Meine gebratenen Raben sind ganz frisch und saftig. Huch! Wo ist Karl hin?«

»Als Sie sich umgedreht haben, hat sich Ihr vom Stuhl gefallener Gast aufgelöst. Nur der schwarze Staub blieb zurück.«

»Was? Wo?«

»Der Wind hat ihn bereits verweht.«

»Und Karl hat sich davongeschlichen? Er lag doch hier keuchend auf dem Boden.«

»Ach, hören Sie auf. Hier ist doch seit jeher alles nur gespielt. Das war ein wirklich guter Zaubertrick. Obwohl ich die ganze Zeit zugeschaut habe, konnte ich weder eine versteckte Türe noch ein anderes Hilfsmittel erkennen. Wie haben Sie das gemacht? Wie haben Sie ihn verschwinden lassen?«

»Aber … aber ich habe doch gar nichts getan. Wirklich … Ich verkaufe nur schwarze Raben. Lebendig oder gebraten.«

»Gebratene Raben, wie das wohl schmeckt? Geben Sie mir eine Portion.«

»Kommt sofort.«

36 | Post von Petra

»Das Aquarium ist bereit.«

»Ebenso das Klebeband für alle Fälle.«

»Jetzt fehlt uns nur noch das komprimierte Wasser. Wie viel haben wir bereits?«

»Erst die Hälfte. Das wird noch ein, zwei Monate dauern, bis wir genug haben.«

»Diese mühsamen Ressourcenbeschränkungen. Obwohl die letzte große Dürre mehr als hundert Jahre her ist, ist die Wassertagesration noch immer auf fünf Liter pro Tag und Person beschränkt.«

»Und das muss für alles reichen. Vom Trinken bis zum Händewaschen.«

»Zum Glück haben wir kein Auto.«

»Die sind leider schon lange verboten. Nicht wegen des CO_2, sondern weil die Leute viel zu viel Wasser verbraucht haben, um ihr Auto blitzblank zu waschen.«

»Obwohl… Gab es bei der alten Bibliothek nicht noch eine verschlossene Türe? Mit der halb abgefallenen Inschrift *Gar…*? Damit könnte *Garage* gemeint sein. Vielleicht wurden dort nicht nur Bücher, sondern auch das eine oder andere Auto versteckt.«

»Ach, Luto, du und deine Autos.«

»Ein kleines mit drei bis vier Rädern würde mir schon genügen.«

»Erst brauchen wir mehr Wasser.«

»Wir könnten welches unten am Fluss holen.«

»Das ist illegal.«

»Ist nicht unser ganzes Experiment bereits streng verboten?«

»Ja, aber hier unten, in unserem Keller, bemerkt das niemand. Draußen beim Fluss könnte uns jemand beobachten und verraten.«

»Wir müssen uns nur geschickt anstellen. Im Buch stand, ob sauberes oder dreckiges Wasser, ist egal. Hauptsache, es ist komprimiert.«

»Dann könnten wir ja auch ...«

»Nein, deinen Urin verwenden wir nicht. Zudem braucht das Haus diese Flüssigkeiten. Wir könnten das ganze System durcheinanderbringen. Es gibt niemanden mehr, der noch weiß, wie diese Siedlung funktioniert, und die Haustechnik reparieren kann. Und bisher ...«

»Was war das?«

»Das hörte sich nach der Türklingel an.«

»Da, nochmals.«

»Wer könnte das wohl sein?«

»Geh doch nachschauen.«

»Guten Tag.«

»Hallo, ich habe Post für Sie.«

»Post? Per Bote? Aus Papier?«

»Ja, erstaunlich. Ganz arbeitslos sind wir noch nicht. Ab und an gibt es noch Exzentriker, die dem virtuellen Netzwerk nicht vertrauen und Sachen per Briefpost versenden. Zum Glück.«

»Das muss schon Jahre her sein, seit ich das letzte Mal einen Brief per Post erhalten habe.«

»Hier draußen gibt es leider nur selten etwas zuzustellen. In der Hauptstadt kommt das noch des Öfteren vor. Bitte hier unterschreiben.«

»O. K.«

»Danke. Möchten Sie eine Antwort aufgeben?«

»Vielleicht später.«

»Eine holografische Videoantwort ist im Preis enthalten. Der Versender hat die Premiumzustellung gewählt.«

»Eine Videoantwort auf einen Brief? Was macht das für einen Sinn?«

»Der Empfänger weiß so, dass die Post sicher angekommen ist.«

»O. K., richten Sie dem Sender aus, dass wir seinen Brief bei Gelegenheit gerne ansehen werden.«

»Sie können es persönlich sagen. Die Aufnahme läuft bereits automatisch, seit Sie die Empfangsbestätigung unterschrieben haben.«

»Kann man die Aufnahme neu starten?«

»Das ist gegen eine kleine Gebühr gerne möglich.«

»Hm. Dann machen wir weiter. Der Sender kann ja einfach bis zur Nachricht vorspulen. Wer hat den Brief abgeschickt?«

»Haben Sie das Couvert vor der Unterschrift nicht angesehen?«

»Ah, da steht es. Von Petra Phe. Hm … Kenne ich nicht … Hm … Liebe Petra, danke für deinen Brief. Ich werde ihn mir bei Gelegenheit gerne anschauen.«

»Auf dem Umschlag steht ›wichtig‹.«

»Hm. Wahrscheinlich Werbung.«

»Wollen Sie die Sendung nicht öffnen und anschauen? Die Antwortaufnahme zeichnet bis zu dreiundsechzig Minuten auf.«

»Nein, nein. Später ist früh genug. Oh, Sie haben ein echtes Postpferd? Ich dachte, die wären schon lange ausgestorben.«

»Nicht ausgestorben, aufgegessen.«

»Aufgegessen?«

»Hatten Sie keinen Geschichtsunterricht? Bei der großen Hungersnot vor 214 Jahren wurden alle Pferde aufgegessen. Es gab einen riesigen Schwarzmarkt für Pferdefleisch. Die Preise waren so hoch, dass sogar die Tierschützer nicht widerstehen konnten, ihre zu verkaufen. Bis dann trotz Verbot alle Pferde der Welt aufgegessen waren.«

»Ist Ihres eine geklonte Züchtung?«

»Nein, das ist bei Pferden nicht gelungen. Alle Zellkulturen gingen verloren oder wurden wahrscheinlich ebenfalls aufgegessen. Mein Pferd ist ein mechanisches Replikat.«

»Ein mechanisches was?«

»Ein mechanisches Replikat. Ein findiger Pferdezüchter hatte während des Verbots seine ganze Herde durch mechanische Pferde ersetzt. Das Fleisch der echten hat er zu Höchstpreisen verkauft und für die mechanische Herde weiterhin die vollen Subventionen kassiert. Wurde erst bemerkt, nachdem er bereits gestorben war. Seine Nachkommen fragten sich, warum die Herde keinen Nachwuchs zeugte und warum die Tiere nicht alterten. Der hinzugerufene Tierarzt bemerkte dann die Schwindelei. War ein riesiger Skandal. Alle mechanischen Pferde wurden beschlagnahmt. Zeitgleich benötigte die Post neue Fahrzeuge. Der damalige Kulturminister war sehr kostenbewusst. So gab er alle mechanischen Pferde der Post.«

»Erstaunlich, sieht wie echt aus.«

»Das wirklich Erstaunliche ist, außer hin und wieder einen Büschel Gras benötigen die mechanischen Pferde keine Form von Treibstoff. Sie sind völlig wartungsfrei.«

»Wie die Häuser unserer Siedlung.«

»Ihre Häuser brauchen ebenfalls Gras?«

»Nein, sie sind völlig wartungsfrei. Sie benötigen weder Strom noch Gas und auch kein Gras. Zudem hat jedes seine eigene Klärungs- und Wiederverwertungsanlage.«

»Ah, ich erinnere mich, dann ist dies hier eine dieser experimentellen autarken Siedlungen.«

»Ja, genau. Niemand weiß mehr, wann die Häuser gebaut wurden und wie man sie wartet. Zum Glück benötigen sie keine Wartung.«

»Gerüchten nach wurden sie vor 843 Jahren von Professor Dee entworfen und 72 Jahre vor dem großen Vorfall, der beinahe die Erde zerstörte, nach seinen Plänen gebaut. Die meisten dieser Siedlungen wurden aufgekauft und abgerissen. Von Strom und Gas unabhängige Siedlungen waren schlecht fürs Geschäft der Großkonzerne und der Regierung. Diese hier dürfte eine der letzten sein.«

»Woher wissen Sie das alles?«

»Vom Geschichtsunterricht. Haben Sie keine Geschichtskurse abgerufen?«

»Nein, ich habe alle meine Lernkredits für die Geschichte der Planetenalchemie verwendet.«

»Wirklich? Wurden diese Kurse nicht verboten?«

»Nein, nur die angewandte Planetenalchemie. Die Geschichte der Planetenalchemie ist glücklicherweise legal im Netzwerk abrufbar. Zumindest war sie das noch vor drei Jahren. Hier draußen kriegen wir nicht immer alles mit, was die Regierung so treibt und verbietet. Spielt auch keine allzu große Rolle. Regierungsvertreter kommen sehr selten hier raus. ... Was war das?«

»Der Beep des Rekorders. Die Aufnahmezeit der Videoantwort ist soeben abgelaufen.«

»Die Aufnahme lief bis jetzt?«

»Die Premiumoption ist sehr großzügig. Übrigens, kennen Sie den 13. Markt?«

»Ja, der findet alle dreizehn Tage in der 13. Gasse hinter dem Blauen Platz statt. Warum?«

»Damit es sich lohnt, hier raus zu kommen, habe ich noch einen Auftrag vom Kulturministerium angenommen. Ich soll den 13. Markt besuchen, beobachten und für zukünftige Generationen aufzeichnen. Er soll ein Schauspiel ohnegleichen sein.«

»Das ist er in der Tat. Der nächste findet in zwölf Tagen statt. Falls Sie länger bleiben, kann ich Ihnen den 13. Markt empfehlen, der jedes dreizehnte Mal stattfindet. Gestern war bereits wieder der Erste. Das heißt, der nächste 13. findet in 155 Tagen statt. Bietet immer beste Unterhaltung.«

»So lange werde ich nicht bleiben können. Danke für den Tipp! Jetzt muss ich weiter.«

»Keine Ursache. Und einen schönen Tag.«

35 | Kein Wasser unter der Brücke

»Am helllichten Tag. Luto, hältst du das wirklich für eine gute Idee?«

»In der Nacht würden wir mehr auffallen. Das Licht unserer Fahrräder ist schon lange kaputt.«

»Aber wenn uns jemand sieht!«

»Wir wurden schon oft auf unseren Fahrrädern gesehen.«

»Ich meine unten am Fluss.«

»Wir stellen unsere Räder am besten unten bei der roten Brücke ans Geländer. Ist etwas weiter, aber sie bietet uns einen guten Sichtschutz, wenn wir zum Ufer runtergehen.«

»Ich bin immer noch nicht überzeugt. Es muss einen besseren Weg geben, um das für unser Experiment nötige Wasser zu beschaffen.«

»Kundschaften wir es erst mal aus. Gleich sind wir beim Fluss.«

»Hm.«

»Wenn uns jemand sieht, waren wir einfach sehr durstig vom Fahrradfahren und mussten unsere Wasserflaschen auffüllen.«

»Alle sieben?«

»Nein, wenn jemand zusieht, nur je eine. Das versteht jeder. Zudem wird wohl kaum ein Spitzel der Regierung in der Nähe sein. Die kommen gewöhnlich nicht hier raus. Die haben in der Hauptstadt genug zu tun.«

»Hm.«

»Da vorne hinter den Büschen ist die rote Brücke.«

»Die Büsche sehen aber sehr vertrocknet aus. Hoffentlich führt der Fluss noch genug Wasser.«

»Als wir das letzte Mal hier in der Nähe vorbeikamen, konnte ich das Rauschen des Wassers gut hören.«

»Das muss nichts heißen.«

»Stellen wir unsere Räder dort ans rote Geländer und gehen unten nachschauen.«

»Erst trinke ich einen Schluck.«

»Du hast Wasser mitgenommen?«

»Natürlich, vom Fahrradfahren werde ich immer sehr durstig. Du nicht?«

»Durstig bin ich auch, aber ich habe nur leere Flaschen mitgenommen.«

»Willst du einen Schluck von mir?«

»Gerne, danke Erdea.«

»Wenn uns jetzt jemand sieht, stimmt es wirklich.«

»Was?«

»Dass wir zu wenig Wasser mitgenommen haben und unsere Flaschen unten am Fluss auffüllen müssen.«

»Hörst du das Rauschen?«

»Ja, aber das Wasser sieht komisch aus. Blau und rund. Gar nicht flüssig.«

»Irgendetwas stimmt da nicht.«

»Gehen wir näher ran.«

»Das ist gar kein Wasser.«

»Es scheint, als ob der ganze Fluss mit blauen Gummibällen gefüllt ist, ähnlich denen, die in alten Filmen in Sportunterrichtszenen verwendet wurden.«

»Das sind blaue Gummibälle.«

»Woher kommt dann das Rauschen?«

»Vielleicht fließt unter den Bällen Wasser.«

»He, ihr zwei! Wartet!«

»Oh, hallo.«

»*Wuff, wuff.*«

»Das ist ein niedlicher Pudel. Wie heißt er?«

»Er ist eine Sie. Sie heißt Linda. An eurer Stelle würde ich nicht in den Fluss hineingehen.«

»Warum nicht? Wir suchen das Wasser.«

»Wasser habe ich hier schon lange nicht mehr gesehen. Vor fünf Jahren verschwand es plötzlich und die blauen Bälle tauchten auf.«

»Wirklich? Woher kommt dann das Rauschen?«

»Ich nehme an, aus den Bällen. Eventuell sind sie mit Sand gefüllt oder haben einen Lautsprecher eingebaut.«

»Ist der ganze Fluss voll von Gummibällen? Oder führt er weiter oben noch Wasser?«

»Linda und ich spazieren jeden Tag den Fluss entlang. Allzu weit kommen wir leider nicht mehr. Wie ihr seht, sind wir nicht mehr die Jüngsten. Aber früher, da erkundete ich den Fluss bis weit hinauf. Wenn ihr dem Flussverlauf nach oben folgt, die Häuser hinter euch lasst und mit euren Fahrrädern dem Ufer entlangfahrt, solltet ihr in ein, zwei Tagen bei einem Wasserfall ankommen. Zumindest gab es früher dort einen Wasserfall. Wenn ihr genau hinschaut, werdet ihr sehen, dass er nicht natürlichen Ursprungs ist. Sondern dass ihr vor einer alten, verlassenen Staumauer steht. Wie es dort heute aussieht, weiß ich nicht. War schon lange nicht mehr so weit weg von zu Hause unterwegs. Wasser habe ich jedoch, so weit ich am Fluss entlanggehen kann, schon lange keines mehr gesehen.«

»Danke. Sobald wir etwas Zeit übrig haben, werden wir hinauffahren und uns genauer umsehen.«

»Folgt ihr dem Fluss in Fließrichtung, werdet ihr sehen, dass er weiter unten durch eine Höhle in den Grünberg hineinfließt – oder, besser gesagt, nun langsam hineinrollt. Wie es dort drinnen aussieht, weiß ich nicht. In Höhlen ist es mir zu dunkel und Linda zu unheimlich.«

»Höhlen mag ich auch nicht. Dort hat es mir zu viele Spinnen. Aber den Staudamm werden wir uns ansehen.«

»Erzählt mir dann, was ihr gefunden habt.«

»Werden wir machen.«

»So, jetzt muss ich weiter. Linda freut sich schon auf ihr Abendessen. Macht's gut.«

»*Wuff, wuff.*«

»Tschüss.«

»Nehmen wir einen mit?«

»Hm. Was?«

»Einen der Gummibälle. Zu Hause schneiden wir ihn auf und sehen nach, was drin ist.«

»Vorm Wasserstehlen hattest du Angst, aber einen Gummiball willst du mitnehmen?«

»Wasserstehlen ist verboten. Gummibälle mitnehmen, die scheinbar sinnlos in einem Flussbett liegen; da sehe ich kein Problem.«

»Unser Experiment ist auch verboten.«

»Das machen wir in unserem Keller, da sieht uns niemand.«

»Außer es schaut wer durchs Fenster.«

»Wer will das schon? Um überhaupt etwas sehen zu können, müsste man sich flach auf den harten, steinigen Kiesboden legen. Und außerdem sind die Kellerfenster schrecklich dreckig. Da kann man nichts erkennen. Ich wollte sie erst putzen, damit etwas Tageslicht in unseren Keller scheint, aber inzwischen finde ich es ganz gut, dass man nicht reinschauen kann.«

»Also nehmen wir einen Ball mit?«

»Nein, nicht nur einen, wir nehmen gleich so viele, wie in unsere Rucksäcke passen.«

34 | Nachbarschaftshilfe

»Hallo, Luto. Hallo, Erdea. Gut, dass ich euch treffe.«

»Hallo, Frau Müller.«

»Nennt mich Gerda, ihr wohnt ja schon seit langem in meinem Haus.«

»Seit sieben Jahren.«

»Wie die Zeit vergeht. Was ich euch fragen wollte – ich plane, die alte Garage zu einer Wohnung herzurichten. Habt ihr bei Gelegenheit Zeit, mir zu helfen, sie auszuräumen?«

»Hm.«

»Wir helfen gerne.«

»Falls ihr dabei etwas findet, was ihr brauchen könnt, dürft ihr es behalten. Zudem werde ich euch gerne einige Punkte auf eure Karmakarten übertragen, zusätzlich zu denen, die ihr für eure Hilfe automatisch bekommt.«

»Hm.«

»Damit können wir mehr Wasser kaufen. Luto, nun komm schon.«

»Na gut. Wann?«

»Vor dem nächsten Trödelmarkt wäre gut. Ich kenne einen Händler, der die noch brauchbaren Gegenstände übernehmen würde. Er kommt in siebzehn Tagen vorbei. Wir können aber gerne schon früher einmal kurz reinschauen und alles in Augenschein nehmen.«

»Gerne. Haben Sie bereits einen Mieter?«

»Petra, meine Enkeltochter, hat sich zu Besuch angekündigt. Sie bleibt meist etwas länger. Früher habe ich ihr eure Wohnung überlassen. Aber da diese zurzeit an euch vermietet ist, wäre das die Gelegenheit, die alte Garage herzurichten. Autos gibt es leider schon lange nicht mehr.«

»Wir werden dir gerne helfen.«

»Danke. Übrigens, für was braucht ihr zusätzliches Wasser? Im Reservoir hat es doch mehr als genug.«

»In welchem Reservoir?«

»Im Wasserreservoir des Hauses. Alle Häuser von ganz Gans Anderswo haben ein eigenes. Das macht unsere kleine Siedlung unabhängig von den Restriktionen der Regierung. Wichtig ist, dass ihr trotzdem zuerst die zugeteilte Tagesration aufbraucht, damit in der Hauptstadt niemand Verdacht schöpft.«

»Die Häuser haben eine eigene Wasserversorgung?«

»Natürlich, hatte ich euch das beim Einzug nicht gesagt?«

»Nein.«

»Wirklich?«

»Alle waren sehr reserviert, als wir vor sieben Jahren von der Hauptstadt hierherzogen.«

»Ah. Das erklärt alles. Neuankömmlingen aus der Hauptstadt gegenüber sind wir meist etwas argwöhnisch. Ihr seid keine Spione der Regierung, oder?«

»Nein. Sind wir nicht. Wo finden wir das Wasserreservoir?«

»Kommt mit. Ich zeige es euch. Wir müssen hinauf in den ersten Stock, durch die Türe mit der Aufschrift ›Privat‹ und danach die Wendeltreppe hinunter. Die Wendeltreppe zieht sich über fünf Stockwerke. Das Reservoir ist im vierten Untergeschoss.«

»Das Haus hat vier Untergeschosse?«

»Wie ich vom Vorbesitzer gehört habe, sollen es sogar deren sieben sein. Leider sind nicht mehr alle zugänglich, beziehungsweise niemand weiß mehr, wo sich die Durchgänge befinden. Die ersten zwei Untergeschosse sind Keller, so wie bei euch.«

»Unser Keller hat zwei Stockwerke?«

»Ja, habe ich euch denn nichts gesagt und gezeigt, als ihr eingezogen seid?«

»Nur das Nötigste.«

»Hm. Den Schlüssel für den unteren Keller habt ihr?«

»Nein, nur den für die Eingangstüre.«

»Ich werde morgen schauen, ob ich den Schlüssel noch in meinem Safe habe und ihn euch bringen.«

»O. K. ... Puh, sind das viele Treppenstufen.«

»In den Untergeschossen drei und fünf ist die Haustechnik installiert. Da niemand mehr weiß, wie sie funktioniert, ist es vielleicht gar nicht so schlecht, dass niemand mehr weiß, wo sich der Durchgang befindet. Im sechsten soll nochmals ein Keller sein und im siebten der Zugang zum Höhlensystem, das alle Häuser der Siedlung verbindet.«

»Ein Höhlensystem?«

»Ja, es soll teils natürlichen Ursprungs gewesen sein. Gerüchten nach hat es sogar einen Zugang zum unterirdischen See im Grünberg. Eine der Höhlen soll zudem bis zum alten Staudamm hochgeführt und in früheren Zeiten als Fluchttunnel gedient haben.«

»Spannend.«

»Wenn es euch näher interessiert, müsst ihr unbedingt einmal die alte Bibliothek unten am Fluss besuchen, dort sollte es irgendwo alte Pläne haben. Zumindest hat mir Petra das erzählt. Professor Dee war ein Genie, aber er hat alles nur auf Papier festgehalten und alle seine Schüler einen Eid schwören lassen, dass sie seine Aufzeichnungen niemals digitalisieren. Inzwischen sind wohl alle tot. Und wären seine

Pläne, Skizzen und Notizen je digitalisiert worden, hätte die Regierung in der Zwischenzeit sicherlich alles gelöscht. Wie sie es mit allem macht, das ihr nicht in den Kram passt.«

»Warum? Ich finde diese Siedlung einfach genial. Nirgends sonst kann man mehr so frei und unbeschwert leben.«

»Genau. Das Leben hier ist unbeschwert und dank unserem steuerfreien Karmapunktesystem für alle erschwinglich. Man muss hier nicht viel verdienen, um ein schönes Leben führen zu können, und, da man wenig Geld verdient, auch kaum Steuern zahlen. Aus Sicht der Politiker ist das Gift für den Staat. Die Menschen sollen Tag und Nacht arbeiten müssen, um ihren Lebensunterhalt finanzieren zu können, und, wegen des dadurch hohen Einkommens, möglichst viele Steuern bezahlen. Nur dank den hohen Steuereinnahmen kann sich die Regierungselite in der Hauptstadt ihren ausschweifenden Lebensstil erlauben und was übrig bleibt in ihre eigenen, natürlich von den Steuern befreiten Unternehmen investieren.«

»Mir schwirrt der Kopf. Ich weiß nicht, ob von der Wendeltreppe oder von all dem Unsinn, den sich unsere selbsternannten Volksvertreter leisten.«

»Nur noch wenige Stufen und wir sind da.«

»Hier ist das Wasserreservoir. Wie ihr seht, sammelt es normales Wasser, und wenn ein Überschuss besteht, füllt es automatisch Flaschen mit komprimiertem Wasser.«

»Müssen wir jedes Mal hier hinunterkommen, wenn wir zusätzliches Wasser benötigen?«

»Nein, nur für das komprimierte. Ihr müsst die Wasserhähne genau anschauen. Auf der linken Seite haben sie etwas versteckt einen kleinen, türkisfarbenen Knopf. Wenn ihr den drückt, kommt automatisch das Wasser aus dem Reservoir. Wichtig ist, dass ihr trotzdem zuerst eure Tagesration aus der öffentlichen Leitung bezieht.«

»Cool. Dachte ich doch, dass ich noch nie jemanden durch diese Türe gehen gesehen habe. Also wieder zurück zum Ausgangspunkt, und dank all den Treppenstufen haben wir zudem bereits unser tägliches Fitnessprogramm erfüllt.«

»Noch nicht. Nehmen wir doch gleich einige Flaschen des komprimierten Wassers mit.«

»Für was braucht ihr das komprimierte Wasser?«

»Wir überlegen, uns ein Aquarium zuzulegen.«

»Oh. Als ich klein war, hatte ich auch ein Aquarium mit komprimiertem Wasser. Mein Vater schenkte mir zu meinem elften Geburtstag einen der letzten komprimierten Blauwale, die noch aufzutreiben waren.«

»Wow, das wäre auch was für uns.«

»Leider habe ich beim Spielen nicht aufgepasst und das Glas des Aquariums ist gesprungen. Gab eine ziemliche Sauerei im Wohnzimmer, als das Wasser und der Blauwal sich entkomprimierten und in ihre normale Größe zurückkehrten.«

»Oh.«

»Kurz darauf setzte uns unser Vermieter vor die Tür und wir zogen nach Gans Anderswo. ... Übrigens, ich habe oben, neben dem Safe, ein altes, verstaubtes Goldfischglas und vielleicht sogar eine Dose mit Goldfischpulver. Werde ich euch morgen zusammen mit dem Schlüssel vorbeibringen. Für den Anfang ist das etwas weniger gefährlich als gleich ein richtiges Aquarium.«

»Gerne und herzlichen Dank für den Zugang zum Wasserreservoir!«

33 | Der Postbote besichtigt die 13. Gasse

»Hm. Ich sehe hier weit und breit nichts Blaues. Die Steinplatten haben alle Farben, doch keine davon ist blau. Dennoch stehe ich gemäß meiner holografischen Karte mitten auf dem Blauen Platz. Ob die Karte wohl veraltet ist?«

»Guten Tag. Sie sehen etwas verloren aus. Kann ich Ihnen helfen?«

»Gerne. Ist dies wirklich der Blaue Platz? Ich sehe hier nichts Blaues.«

»Sie sind hier richtig. Der Stadtplaner hatte ein paar Spaßvögel im Team. Wen suchen Sie?«

»Niemanden Bestimmtes. Da ich schon hier draußen war, wollte ich die berühmt-berüchtigte 13. Gasse besichtigen. Auf der Holokarte des Netzwerks ist sie leider nicht eingezeichnet.«

»Die 13. Gasse beginnt gleich dort vorne beim Torbogen.«

»Oh. Ich dachte, dort wäre nur ein Innenhof.«

»Nein, nein. Schauen Sie, sie führt auf den ersten Blick zwar nur ein paar Meter vorwärts, wenn Sie aber hineinlaufen, sehen Sie, dass es um die Ecke geht und sie sich verzweigt. Rechts geht sie gerade hinunter, links macht sie einen doppelten Halbbogen. Unten kommen die beiden Gassen dann wieder zusammen. Von der alten Aussichtsplattform auf dem Grünberg betrachtet, sieht es aus, als ob sich eine große Drei an eine Eins schmiegt und somit eine Dreizehn formt. Daher kommt der Name ›die 13. Gasse‹.«

»Danke. Sie wohnen schon länger hier?«

»Seit ich denken kann. Warum?«

»Ich frage mich schon die ganze Zeit, warum auf der Karte und in allen Dokumenten statt eines Stadtnamens ›Siedlung G. A.‹ steht. Im virtuellen Informationsarchiv habe ich keine Angaben dazu gefunden.«

»Das wurde alles von der Regierung gelöscht.«

»Wirklich? Warum?«

»Der Name unserer kleinen Siedlung hatte für zu viel Verwirrung gesorgt.«

»Was ist der Name? Hier scheinen alle nur von der ›Siedlung‹ zu sprechen.«

»Unsere kleine Stadt heißt Gans Anderswo.«

»Ganz Anderswo?«

»Nein, Gans Anderswo. Es wird mit einem S wie sauer und nicht mit einem Z wie Zitrone geschrieben.«

»Hm.«

»Die Editoren der Zeitungen und Publikationen haben das meist ebenfalls wie Sie interpretiert. So lauteten die Schlagzeilen oft ›Der Kulturminister war wieder ganz anderswo‹ statt ›Der Kulturminister war in Gans Anderswo‹ und sorgten für Skandale.«

»Wie kommt eine Ortschaft zu so einem Namen?«

»Das war ein Scherz des Praktikanten des Stadtplaners. Der Stadtplaner hasste Formulare und ließ alles von seinem Team ausfüllen. Unsere kleine Stadt ist nach dem Maskottchen des Assistententeams benannt, der Gans Anderswo.«

»Nach einer Gans? Warum ändert man nicht einfach den Namen?«

»Das ist gemäß den Gründungsbestimmungen nur möglich, wenn alle Einwohner von Gans Anderswo einstimmig zustimmen. Was nie passieren wird. Mindestens einen Spaßvogel gibt es immer, dem der Name gefällt. Das Gute daran ist, dass neben der Abgeschiedenheit auch deswegen nur selten Regierungsbeamte zu uns rauskommen. Wie sollten sie es ihren Gattinnen erklären, wenn die erfahren, dass sie, statt auf ihrer Geschäftsreise, wiederum ganz anderswo waren.«

»Haha. Muss ich mir merken. Danke. Jetzt gehe ich mir erst mal die berüchtigte Gasse anschauen.«

»Zurzeit ist sie leer. Ich empfehle Ihnen wiederzukommen, wenn der 13. Markt stattfindet. Das ist immer ein Schauspiel ohnegleichen. Eines der letzten, die noch in der realen Welt stattfinden. Die meisten Leute verbringen heutzutage leider ihre Tage nahezu ununterbrochen im Netzwerk, der von der Regierung kontrollierten virtuellen Realität. Doch findet der 13. Markt statt, legen sie zumindest hier in Gans Anderswo eine Pause ein und kommen raus an die frische Luft.«

»Wann wird der nächste sein?«

»Der nächste findet in sieben Tagen statt. Das wird der zweite 13. Markt sein. Wärmstens empfehlen kann ich den dreizehnten 13. Markt. Der ist das Hauptevent. Danach beginnt der Turnus der dreizehn Märkte von Neuem.«

»So lange kann ich leider nicht bleiben, aber bis zum nächsten bin ich wahrscheinlich noch hier.«

»Haben Sie bereits ein Zimmer?«

»Ja, im Gasthaus ›Zur roten Gans‹. War die Gans Anderswo auch rot?«

»Nein, nicht dass ich wüsste. Meines Wissens war Gans Anderswo eine ganz normale Gans. Höchstens ... Hm ... Vielleicht hatte sie ein rotes Hüttchen. ... So, jetzt muss ich weiter. War nett, sich mit Ihnen zu unterhalten. Ich wünsche Ihnen noch einen schönen Aufenthalt in unserer kleinen Stadt.«

»Danke.«

»Auf Wiedersehen.«

32 | Letzte Vorbereitungen

»Vielen Dank, Gerda. Wünsche dir einen schönen Tag.«

»Gerda hat uns ihr altes Goldfischglas und den Schlüssel zum unteren Kellergeschoss gebracht.«

»Cool. Hat sie dir auch das Goldfischpulver gegeben?«

»Nein. Das Pulver hatte sie leider nicht mehr gefunden.«

»Schade. Dort hinten habe ich hinter dem alten Regal eine Türe entdeckt. Das wird wohl der Zugang zum unteren Kellergeschoss sein. Komm, gehen wir schauen, ob der Schlüssel passt.«

»Tatsächlich. Und dahinter befindet sich eine weitere Wendeltreppe.«

»Hoffentlich geht diese nur über ein Stockwerk.«

»Etwas staubig hier unten.«

»Sieh nur, Erdea, hier gibt es sogar einen großen Werktisch und dort drüben alte Laborutensilien. Von wem die wohl sind?«

»Keine Ahnung. Aber du hast recht, der Tisch ist viel stabiler als unserer oben. Vielleicht sollten wir unser Experiment hier unten aufbauen?«

»Gute Idee. Hier ist es zudem noch unwahrscheinlicher, dass uns jemand dabei erwischt.«

»Holen wir erst unseren Besen und wischen den Staub weg.«

»Puh, das war eine Menge Staub.«

»So viel gewischt und geputzt haben wir schon lange nicht mehr.«

»Gelohnt hat es sich. Jetzt ist hier unten wirklich der ideale Ort für unser Experiment.«

»Ich bin müde. Machen wir für heute Schluss. Unsere Geräte können wir auch morgen hier runterbringen.«

»Luto, du bist schon auf?«

»Seit zwei Stunden.«

»So früh wie nie zuvor. Es geschehen Wunder.«

»Und das ich Schlafmütze.«

»Wow. Du hast schon fast alles hier runtergebracht.«

»Es fehlen nur noch das Aquarium, der Sockel für den Laser und das komprimierte Wasser. Der Sockel war mir zu schwer, den müssen wir gemeinsam runtertragen.«

»Kein Problem, den könnte ich auch nicht alleine tragen.«

»Wo stellen wir ihn hin?«

»Gleich hier. Ich habe alles bereits auf dem Boden und dem Werktisch eingezeichnet. So sollten alle Winkel und Distanzen stimmen. Genau wie es im Buch von Dr. Phla geschrieben steht.«

»Cool.«

»Außer dass wir ein Aquarium verwenden. Aber das wird schon schiefgehen.«

»Wenn es klappt, müsste es dann nicht ›geradegehen‹ heißen?«

»Hm. Nein. Das hört sich mehr danach an, als ob es nur durch Glück geklappt hätte. Wir sind uns sicher, dass es funktioniert. Zumindest hoffe ich das.«

»Senkrechtgehen?«

»Nein.«

»Waagrechtgehen?«

»Nein.«

»Supergehen?«

»Das gefällt mir.«

»Komm, holen wir noch das Aquarium und das komprimierte Wasser.«

»Wollen wir oben das Goldfischglas aufstellen?«

»Wir haben keine Goldfische.«

»Macht nichts. Vielleicht finden wir auf dem nächsten 13. Markt welche.«

»Hm.«

»Zudem wird so Gerda keinen Verdacht schöpfen. Sie weiß, dass wir ein Aquarium mit Wasser füllen wollen. Schaut sie beim Vorbeigehen rein, wird sie das Goldfischglas auf dem Tisch stehen sehen und beruhigt sein.«

»Na gut. Stell es auf den Tisch, wo vorher das Aquarium war. Aber füllen kannst du es ein anderes Mal. Ich will jetzt endlich die letzten Vorbereitungen für unser Experiment abschließen. Den Laser müssen wir schließlich auch noch neu kalibrieren.«

»Und die blauen Bälle?«

»Die lassen wir für heute mal blau sein. Werden wir uns ein andermal näher anschauen. Nun komm. Machen wir erst unten alles fertig.«

»O. K., o. k.«

31 | Die alte Garage

»Heute ist der Tag.«

»Was für ein Tag?«

»Der Tag, an dem wir unser Experiment beginnen.«

»Nein.«

»Wie, nein? Erdea, sei keine Spielverderberin.«

»Luto, schau auf den Kalender. Heute ist der Tag, an dem wir unserer Vermieterin versprochen haben, beim Aufräumen der alten Garage zu helfen.«

»Mist.«

»Ob wir unser Experiment einen Tag früher oder später durchführen, spielt nach so vielen Jahren der Recherche und Vorbereitung nun wirklich keine Rolle.«

»Dann streich gleich im Kalender an: Morgen ist der Tag.«

»Haha, mach es doch selbst.«

»Grummel.«

»Übrigens, ob der Brief, den wir erhalten haben, wohl von der gleichen Petra ist wie die Enkelin von unserer Vermieterin Gerda?«

»Leg den Brief wieder hin. Wenn wir heute das Experiment nicht starten, wird auch kein Brief gelesen.«

»Lesen wollte ich ihn doch gar nicht. Ich habe mich nur gewundert.«

»Hm.«

»Gehen wir rüber. Vielleicht gibt es nur wenig zu tun und wir sind mittags schon fertig.«

»Hoffentlich, dann könnten wir bereits heute Nachmittag mit unserem Experiment starten.«

»Hallo, Gerda.«

»Oh, hallo, ihr zwei, freut mich, dass ihr gekommen seid.«

»Gerne.«

»Eure Hilfe ist mir Gold wert. Die Garage ist ein Trümmerfeld. Wir werden wohl die ganze Woche brauchen, bis wir fertig sind.«

»Was?«

»Luto, beruhige dich. – Kein Problem, Gerda, wir helfen dir gerne.«

»Das freut mich sehr. Gebt mir bitte eure Karmakarten, dann synchronisiere ich sie mit meiner und ihr erhaltet automatisch einige zusätzliche Punkte für eure Hilfe.«

»Hier.«

»Danke.«

»Hm ... Welcher Schlüssel war es schon wieder? ... Ah, genau, der hier.«

»Wow, du hast nicht übertrieben. Das wird wohl wirklich die ganze Woche dauern.«

»Ja, ich weiß. Tut mir leid. Seitdem Autos verboten sind, stellte ich immer alle alten, halbwegs noch brauchbaren Sachen hier rein. Man weiß ja nie, was man später wieder einmal verwenden kann. Aber jetzt benötige ich den Raum für Petra. Es ist richtig lieb von euch, dass ihr mir hier helft.«

»Wie sollen wir vorgehen?«

»Wichtig ist, dass wir zuerst eine Ecke freiräumen. Dort stellen wir dann alle noch brauchbaren Dinge hin. Der Trödelhändler wird diese dann abholen kommen. Falls ihr etwas seht, das ihr selbst brauchen könnt, nehmt es einfach mit. Am besten beginnen wir mit dieser Ecke. Hier, hinter all den

Schachteln, ist der Müllschlucker in die Wand eingebaut. Der hier unten ist größer als der Müllschlucker in den Wohnungen. Wir sollten darin allen Müll entsorgen können. Er schluckt auch Holz und Metall. Die großen Sachen bitte erst etwas auseinandertrennen.«

»Wohin sollen wir all die Sachen räumen? Hier ist alles voll.«

»Stellt sie erst mal raus auf die Straße. Ich gehe in der Zwischenzeit hinauf, ein Fass Glühwein mit gemahlenem Hufeisenstaub und eine Kiste glitzernder Sternenkekse holen. Die habe ich auf dem letzten 13. Markt gekauft, damit wir heute etwas zur Stärkung haben.«

»Es ist kaum zu glauben, was hier alles rumsteht.«

»Mir scheint, hier ist kaum etwas noch zu gebrauchen. Fahrräder ohne Räder. Flaschen und Krüge ohne Böden. Puppen und Teddybären ohne Arme und Beine. Stapelweise alte Zeitungen und Zeitschriften. Ich will gar nicht wissen, was in all den Kisten ist. Das müssen wohl Hunderte sein.«

»Versprochen ist versprochen. Je eher wir beginnen, desto eher sind wir fertig. Denk nur daran, was wir mit all den Karmapunkten kaufen können. Wie das hier in der Garage aussieht, werden wir wohl für das gute Karma unserer Hilfe automatisch einen großen Bonus erhalten.«

»Schade, dass man die Karmapunkte nicht in Lernkredits umtauschen kann. Aber du hast recht, wir können die zusätzlichen Punkte gut gebrauchen, haben wir doch alle unsere Ersparnisse für unser Experiment aufgebraucht.«

»Legen wir los.«

»Es gibt doch noch einiges, das halbwegs brauchbar ist.«

»Krüge, Pfannen, Töpfe. Alles verkrustet und gebraucht, teils mit krummen Stielen. Also ehrlich, ich weiß nicht, wer das noch haben will.«

»Anscheinend der Trödelhändler.«

»Aber wem will er das verkaufen? Die Kerzen mit ausgebranntem Docht kann man immerhin noch einschmelzen und neue Kerzen herstellen. Genauso die Seifenreste. Doch wer wird wohl all die Kisten voller getrockneter Bananenschalen wollen?«

»Vielleicht ein Sammler ausgestopfter Affen. Frische Bananen nützen da auch nichts mehr.«

»Das Bild dort hinten gefällt mir hingegen sehr. Die roten, abstrakten Häuser im Kontrast zu diesem kräftigen, emotionalen gelbroten Hintergrund finde ich einfach wow. Und erst diese auf die Leinwand modellierten Tänzer. Man sieht richtig die Spannung im Körper der Figuren, wie wenn sie gleich den nächsten Schritt tanzen würden. Oh, und da, auf den Häusern, hat es auch noch ganz kleine Tänzerlein. Haha, was die alles machen.«

»Wer das wohl gemalt hat?«

»Wohl ein großer Meister.«

»Luto, nimm es mit, wenn es dir so gut gefällt. Wir haben genug leere Wände in unserer Kellerwohnung. Zudem hat Gerda gesagt, nehmt mit, was ihr selbst brauchen könnt.«

»Du hast recht. Wir könnten es mit Hilfe des doppelseitig klebenden gelben Klebebandes im Wohnzimmer über den Esstisch hängen und jeden Tag beim Essen bestaunen. Zudem ist alles andere hier wirklich nur noch Schrott.«

»Cool, dann besitzen wir jetzt ein echtes Meisterwerk. Unsere Besucher werden staunen.«

»Ich bringe das Bild gleich rauf und hänge es auf. Nicht dass der Trödelhändler es uns noch wegschnappt.«

»Puh. Endlich. Da steht die letzte Kiste.«

»Was ist drin?«

»Hm. Scheinen die Arme und Beine der Puppen und der Teddybären zu sein.«

»Entsorge alles im Müllschlucker.«

»Wow, ihr wart aber fleißig. In nur drei Tagen habt ihr geschafft, wofür ich Monate gebraucht hätte. Ganz, ganz herzlichen Dank. Jetzt werde ich die Garage noch blitzblank putzen und dem Möbelhändler Bescheid geben, dass er die Möbel liefern kann. Da wird sich Petra aber freuen. Werde sie euch dann gerne vorstellen, wenn sie da ist. Nochmals ganz herzlichen Dank.«

»Haben wir gerne gemacht.«

»Ich hoffe nur, dass diese Petra auch wirklich kommt.«

»Spielt doch keine Rolle. Wir haben für unsere Hilfe so viele Karmapunkte erhalten, dass wir bereits genug Punkte für die Miete von einem ganzen Jahr haben und uns zusätzlich eine schöne Belohnung leisten können.«

»Die Belohnung muss warten, Erdea. Ich habe es im Kalender bereits rot, grün und blau angestrichen. Morgen beginnen wir unser Experiment.«

30 | Der Postbote erhält seinen ersten Karmapunkt

»Guten Morgen, der Herr.«

»Guten Morgen.«

»Haben Sie gut geschlafen?«

»Wie ein Baby. Erstaunlich, dass Sie hier noch immer die guten alten Betten und Matratzen haben.«

»Bei uns in Gans Anderswo wird das ausgezeichnete Handwerkswerk früherer Zeiten hoch geschätzt und bewahrt.«

»Und wie bequem die sind. Diese modernen, sich automatisch der Körperform anpassenden Liegen, die wir bei uns in der Hauptstadt haben, sind völlig unbequem. Zudem, wenn man sich im Schlaf dreht, weckt man durch das folgende Quietschen und Surren all der unzähligen eingebauten, kleinen Motoren alle Nachbarn auf.«

»Hat dort nicht jeder so ein Bett?«

»Genau darum kriegt man kaum jemals ein Auge zu. Irgendein Nachbar bewegt sich immer im Schlaf und die anderen poltern daraufhin genervt an die Wände, Böden und Decken. Diese Ruhe hier in der Nacht ist einfach himmlisch.«

»Warum ölen Sie nicht einfach die Zahnräder Ihrer Liegen?«

»Das geht nicht. Die automatischen Liegen werden nur als Ganzes verkauft, und damit niemand sie selbst reparieren kann, sind sie mit einer unzerstörbaren Spezialnaht verschweißt. Man könnte höchstens das ganze Bett in Öl tränken.«

»Oder wieder ein gutes altes kaufen.«

»Alle Hersteller der klassischen alten wurden von der Regierung aufgekauft und geschlossen. Denn die automatischen sollen das Nonplusultra für einen gesunden Schlaf sein. Zudem halten sie den Körper in Bewegung, falls man seine Tage vorwiegend im virtuellen Netzwerk verbringt.«

»Und wie ist das beim Sex? Machen da die Betten auch alle Bewegungen mit?«

»Ja, und gemäß der Werbung soll alle Welt darauf schwören. Aber ehrlich gesagt – alle, die ich kenne, sagen: bloß kein Sex im Bett. Die Sensoren zeichnen zwar alle Bewegungen in Echtzeit auf, doch der Prozessor verarbeitet sie zu langsam, so reagieren die Betten immer erst mit einer Verzögerung von zwei bis drei Sekunden. Das kann sehr ungemütlich werden. Ein Paar aus meinem Bekanntenkreis wurde gar mit Arm- und Beinbrüchen hospitalisiert, weil es vom Bett abgeworfen wurde. Wahrscheinlich waren sie etwas zu wild und leidenschaftlich.«

»Oh.«

»Vom Lärm, der entsteht, wenn die Motoren wegen der vielen Bewegungen heißlaufen, will ich gar nicht erst sprechen. Ein Arbeitskollege hatte deswegen am Morgen danach einen Gehörschaden.«

»Mein Gott, da haben wir es hier bei uns doch viel gemütlicher. Sie können mein kleines Gasthaus gerne Ihren Freunden und Bekannten in der Hauptstadt weiterempfehlen.«

»Werde ich gerne machen, wenn ich wieder zurück bin.«

»Übrigens, Sie können Ihr Zimmer auch mit Ihrer Karmakarte bezahlen.«

»Was ist eine Karmakarte?«

»Sie kennen unsere Karmakarten nicht? Das ist die übliche Bezahlweise in ganz Gans Anderswo. Wie alles andere, haben wir auch unser eigenes, autonomes Zahlungssystem.«

»Wirklich?«

»Ja, deswegen fährt kaum einer mehr in die Hauptstadt. Leider sind die Karmapunkte außerhalb unserer Siedlung völlig wertlos. Hier, ich habe immer ein paar Reservekarten für Touristen auf Lager.«

»Danke. Wie funktioniert das?«

»Als Erstes geben Sie mir mal kurz Ihre Hand.«

»Aua! Verdammt. Was …«

»Nun drücken Sie den blutigen Daumen direkt dort auf den violetten Punkt auf der Karte.«

»Was zum …«

»Sehen Sie das Leuchten? Das bedeutet, dass die Karte erfolgreich mit Ihrer DNA und Ihrem Karma synchronisiert wurde. Hier, ein Taschentuch für Ihren blutigen Finger.«

»Danke …«

»Zum Start hat jede Karmakarte ein Guthaben von zehn Punkten. Weitere Punkte kriegen Sie automatisch, wenn Sie Gutes tun oder wenn Ihnen jemand anderes Punkte überweist. Dafür muss man nur zwei Karten zusammenhalten und sich den Betrag, den man überweisen will, denken.«

»Sie haben ganz schön scharfe Messer hier.«

»Vielen Dank. Sie lernen schnell. Komplimente geben ebenfalls Karmapunkte. Zwar nur im Kommabereich, aber immerhin etwas.«

»Ähm, was?«

»Das Kompliment muss jedoch ehrlich gemeint sein. Nicht dass Sie jetzt rausgehen und mit Komplimenten um sich werfen, das bringt nichts.«

»Bitte ein Glas Wasser, mir wird schwindlig.«

»Oh, Ihr Finger blutet ja immer noch. Und wie stark. Da muss ich nachher unseren Messerschleifer gleich loben gehen, der hat wirklich gute Arbeit geleistet.«

»Puh.«

»Ihr Glas Wasser.«

»Danke.«

»Nun halten Sie kurz still. Ich verbinde Ihnen den Finger.«

»Ist das Klebeband?«

»Ja, und Ihr Finger ist schon fast wie neu. Dieses wasserdichte Klebeband ist schon der Hammer. Für was man das alles brauchen kann.«

»Haben Sie kein Pflaster?«

»Normales Verbandsmaterial ist hier draußen leider nur sehr schwer zu bekommen, dafür müssten Sie schon zurück in die Hauptstadt.«

»Nein, das geht nicht. Das Klebeband muss vorerst genügen. Ich habe hier noch einen Auftrag zu erledigen.«

»Oh, haben Sie neue Briefe zum Verteilen erhalten?«

»Nein, ich soll fürs Kulturministerium den 13. Markt besuchen und dokumentieren.«

»Sie haben Glück, der nächste ist bereits in zwei Tagen. Bis dahin ist Ihr Finger sicherlich wieder verheilt. Übrigens, kann ich bei Ihnen auch Briefe aufgeben?«

»Nein, das geht nur in den offiziellen Postämtern.«

»Das nächste Postamt ist in der Hauptstadt.«

»Genau.«

»Das heißt, wenn ich meinem Nachbarn einen Brief schreiben will, müsste ich eine Zweitagesreise in die Hauptstadt unternehmen, um ihn abschicken zu können.«

»So sind die Regeln.«

»Das gibt aber keine Karmapunkte für Sie, mein Herr.«

»Wenn Sie Ihrem Nachbarn einen Brief schreiben wollen, gehen Sie am besten über die Straße und geben ihn bei ihm persönlich ab oder werfen Sie ihn in seinen Briefkasten. Zusätzlich sparen Sie sich auf diese Weise die Portokosten. Die sind heutzutage auch nicht mehr ohne. Die meisten Leute versenden ihre Nachrichten ohnehin als Videobotschaft über das virtuelle Netzwerk.«

»Das mag ich nicht. Die Regierung kann dort alle Daten erfassen und auswerten. Auch Persönliches, das sie nichts angeht. Zudem kenne ich zu viele, die danach süchtig sind und nicht mehr in der Realität leben können.«

»In der Hauptstadt hat man deswegen kürzlich ein Pilotprogramm gestartet. Alle sieben Tage wird das Netzwerk einen Tag lang für den Benutzer blockiert.«

»Gibt das kein Chaos auf der Straße?«

»Der freie Tag findet gestaffelt statt, je nachdem, in welcher Etage Sie wohnen.«

»In welcher Etage?«

»Die Mühlen der Bürokratie sind unergründlich. Die Begründung war, dass sie so niemanden diskriminieren. Der Aufwand, alle Bürger nach Etage zu erfassen, war gigantisch. Zudem mussten erst fast alle Häuser umgebaut werden, damit sie über eine durch sieben teilbare Anzahl an Etagen verfügen.«

»Was für ein Blödsinn.«

»Das Netzwerk hat auch Gutes. Das ganze Bildungssystem läuft darüber. Egal wo sie wohnen, überall haben sie die gleichen Bildungschancen, die gleichen Chancen für ihren Start ins Leben. Alle erhalten zu Beginn die gleiche Anzahl an Lernkredits, die sie nach Belieben in ihre Ausbildung investieren können. Jeder kann die Ausbildung absolvieren, die ihm am besten gefällt. Ich finde das super.«

»Und Sie sind Postbote geworden.«

»Einer der wenigen Berufe, für die man noch das Haus verlässt.«

»Also sind Sie selbst ebenfalls kein Fan des virtuellen Netzwerks.«

»Nun, es hat seine guten und seine schlechten Seiten. Die gleichen Bildungschancen für alle finde ich gut. Den ganzen

Tag nur an Sensoren und Nahrungsschläuchen angeschlossen auf einem Stuhl zu sitzen, gefällt mir nicht. Ich habe schon Geschichten von Menschen gehört, die ihr ganzes Leben in der virtuellen Realität verbracht haben. Ihre Körper wurden erst Jahre später mumifiziert auf ihren automatischen Liegen sitzend gefunden, alle Sensoren und Kabel noch angeschlossen.«

»Die Sensoren haben keinen Alarm geschlagen?«

»Nein, Körpersignale sind egal. Das Einzige, was für die Regierung zählt, ist, dass alle Rechnungen und vor allem die Steuern bezahlt sind. Zudem macht ein toter, zahlender Kunde dem Staat keine Schwierigkeiten und entlastet zusätzlich den Geheimdienst. Aber wenn Sie einmal einen Zahlungstermin verpassen, dann steht sehr schnell jemand vor Ihrer Türschwelle.«

»Wie kann denn ein Toter noch Rechnungen bezahlen?«

»Das läuft alles automatisiert. Zumindest so lange, wie man genug Geld auf dem Konto hat oder noch kreditwürdig ist.«

»Da lob ich mir das Leben hier in Gans Anderswo gleich noch viel mehr.«

»Ja, Sie haben es schön hier draußen. Ich denke, ich werde nicht das letzte Mal bei Ihnen zu Gast gewesen sein.«

»Freut mich zu hören. Oh, sehen Sie, für Ihre selbstlose Erzählung haben Sie soeben einen neuen Karmapunkt erhalten.«

»Tatsächlich. Das ist ein absonderliches System. Interessant und unvorstellbar zugleich. ... So, nun muss ich los.«

»Einen schönen Tag wünsche ich Ihnen. Zum Abendessen werden Sie wieder hier sein?«

»Natürlich. Ich habe schon lange, lange nicht mehr so gut gespeist wie hier bei Ihnen.«

29 | Das Experiment beginnt

»Heute ist der Tag.«

»Welcher Tag?«

»Der Tag, an dem alles beginnt. Unser Experiment und unsere große Karriere, die darauf folgen wird. Wir werden als die Neubegründer der angewandten Planetenalchemie in die Geschichte eingehen.«

»Nun übertreib mal nicht. Wenn wir jemandem erzählen, was wir hier machen, landen wir im Gefängnis. Wenn nicht schlimmer.«

»Ach, sobald sich unsere Ergebnisse im Netzwerk verbreiten und von der ganzen Welt bewundert werden, wird uns auch die Regierung nichts mehr anhaben können. Vielleicht erhalten wir gar einen Orden.«

»Einen Orden?«

»Für den von uns erbrachten Beweis, dass die Planetenalchemie ganz wundervoll und völlig ungefährlich ist.«

»Hm ... Erst muss unser Experiment gelingen.«

»Natürlich wird es das. Erdea, was ist das für eine Einstellung? Sei etwas euphorischer bitte. Wir haben Großes vor. Es gibt nur eine Devise: alles oder nichts.«

»Die Türe klemmt.«

»Hm.«

»Luto, hast du den Schlüssel?«

»Welchen Schlüssel?«

»Den Schlüssel, um die Türe aufzuschließen.«

»Nein.«

»Verloren?«

»Nein, oben liegen gelassen. Ach, schau mich nicht so an. Ich geh ihn gleich holen.«

»Was machst du da mit dem blauen Ball?«

»Näher anschauen, während ich auf dich gewartet habe.«

»Leg ihn weg.«

»Er fühlt sich an, als ob er mit irgendetwas gefüllt ist. Hast du den Schlüssel gefunden?«

»Ja. Er war nicht dort, wo ich erst dachte, dass ich ihn hingelegt habe, aber ich habe ihn gefunden.«

»Wo war er?«

»Da, wo ich ihn tatsächlich hingelegt hatte.«

»Und wo war das?«

»Das spielt keine Rolle.«

»Nun machst du mich aber erst richtig neugierig.«

»Na gut, ich hatte ihn in der linken Hosentasche.«

»Von der Hose, die du jetzt trägst?«

»Normalerweise stecke ich Schlüssel immer in meine rechte Hosentasche, daher hatte ich ihn vorhin nicht gefunden.«

»Haha.«

»Nun aber los. Auf zum Experiment.«

»Luto, hast du die Checkliste?«

»Ja. Aquarium, Laser, Wasser, die beiden Phiolen mit dem Pulver, alles ist da. ... Moment. – Hatte das Klebeband oben liegen gelassen.«

»Das Klebeband?«

»Für alle Fälle. Man weiß nie, wann es das nächste Mal etwas zu kleben und zu befestigen gibt.«

»Füllen wir das komprimierte Wasser ins Aquarium.«

»Vorsichtig, nichts verschütten. Nicht, dass es expandiert und unseren Keller unter Wasser setzt.«

»Super, nicht ein einziger Tropfen ging daneben.«

»Und das Aquarium hält. Kein Anzeichen, dass der Druck zu groß wäre.«

»Siehst du, Dr. Phla muss sich geirrt haben, als er uns davor warnte, ein Aquarium für das Experiment zu benutzen.«

»Wahrscheinlich hat er sich einfach einen Scherz erlaubt. Zur Versüßung seines Tages.«

»Das muss es gewesen sein.«

»Nun das Planetenpulver.«

»Hier.«

»Super. Kannst du mir den Rührstab geben?«

»Hier. Komm aber nicht auf die Idee, dass ich dein Handlanger bin.«

»Jaja. Ist das ein Kochlöffel aus unserer Küche?«

»Was eine heiße Hühnersuppe umrühren kann, sollte auch für unsere Planetensuppe geeignet sein.«

»Hm. Warum dann nicht gleich ein Schneebesen?«

»Ein Kochlöffel ist sanfter. Wir wollen ja nicht, dass unsere Planetensuppe zu schäumen beginnt.«

»Sieht gut aus.«

»Ich sehe nichts. Das Pulver hat sich komplett aufgelöst.«

»Eben.«

»Hm.«

»Hier, die Phiole mit den Erdensamen.«

»Schütt' du sie selbst rein.«

»Oh, warum?«

»Du sagtest vorhin selbst, du bist nicht mein Handlanger. So haben wir beide etwas hineingeschüttet und umgerührt.«

»Dann benötigen wir einen zweiten Laser.«

»Warum?«

»Damit wir beide einen Laser eingeschaltet haben.«

»Witzbold. Wir können gemeinsam auf die Taste drücken.«

»Zuerst die Erdensamen, was auch immer das sein soll.«

»Sicher etwas Gutes, vielleicht ein besonderer Effekt, zum Beispiel Sternenzauber, sonst hätte uns der gute alte Dr. Phla das sicherlich nicht mitgegeben.«

»Oder er hat sich einen weiteren Scherz erlaubt. Wie mit der Warnung vor dem Aquarium.«

»Siehst du etwas?«

»Nein, sieht gut aus. Auch das Erdensamenpulver hat sich komplett aufgelöst. Siehst du, der Kochlöffel hat uns einen perfekten Dienst erwiesen.«

»Du und dein Kochlöffel. Zum Kochen kaufen wir uns jedoch einen neuen. Wer weiß, ob daran Pulver hängen geblieben ist. Ich will nicht plötzlich den Mund voller Planeten haben.«

»Er sieht sauber aus.«

»Wie das Wasser im Aquarium. Dreck, den man sieht, ist mir lieber. Den kann man wegputzen.«

»Nun der Laser. Bist du bereit?«

»Warte.«

»Was ist?«

»Der Deckel fehlt noch. Wer weiß, was alles passieren könnte, wenn wir den Deckel des Aquariums weglassen würden.«

»Gut mitgedacht. Danke.«

»Ich befestige ihn gleich noch mit einem Streifen Klebeband.«

»Das war ein großer Streifen.«

»Wir haben mehr als genug Klebeband, auch für deinen Mund wäre was übrig.«

»Nett von dir.«

»Nun der Laser. Bist du bereit?«

»Ja, bist du es?«

»Natürlich. Ich war schon bereit, als ich auf die Welt kam. Siebenundzwanzig Minuten und fünfundvierzig Sekunden vor dir.«

»Haha, Luto, du hattest einfach nicht gemerkt, dass ich dich als Kundschafter vorausgeschickt hatte.«

»Lassen wir das für heute. Bist du bereit?«

»Ja, legen wir los.«

»Drei.«

»Zwei.«

»Eins.«

»Null.«

»Ist der Laser kaputt?«

»Das kann nicht sein. Als wir ihn gekauft haben, meinte der Verkäufer, dass sich sogar ein Elefant draufsetzen kann und er keine Schramme davontragen würde.«

»Das Problem wäre, einen Elefanten zu finden, um seine Aussage zu überprüfen. Seit Jahrzehnten wurde keiner mehr gesichtet.«

»Vielleicht haben sie einfach gelernt, dass es besser ist, uns Menschen aus dem Weg zu gehen.«

»Ah, das ist das Problem.«

»Was ist es?«

»Das willst du gar nicht wissen.«

»Natürlich will ich es wissen. Nun sag schon.«

»Hm.«

»Ist es etwas Schlimmes? Können wir es lösen? Können wir unser Experiment vollenden?«

»Vielleicht.«

»Nein, es muss gehen. Wir haben nur den einen Versuch.«

»Hm.«

»Nun sag schon, was kann ich tun? Dieser Stress, diese Emotionen, befrei mich, spann mich nicht länger auf die Folter.«

»Siehst du das Kabel dort unten?«

»Ja.«

»Kannst du es in den Stecker stecken?«

»Was? Wir ... Wir ... Wir haben nur vergessen, den Laser einzustecken?«

»Ja.«

»Die ganze Aufregung war umsonst?«

»Ja.«

»Mein Gott. Ich muss mich kurz hinsetzen. Luft holen. Atmen.«

»Nun von vorne.«

»Drei.«

»Zwei.«

»Eins.«

»Los.«

»Wow, dieses Licht.«

»Schau nicht hinein.«

»Es wird immer heller.«

»Mach die Augen zu.«

»Selbst mit geschlossenen Augen kann ich die Wärme fühlen.«

»Wann müssen wir den Laser wieder ausschalten?«

»Er schaltet sich automatisch aus. Ich habe die Laufzeit wie im Buch empfohlen eingestellt.«

»So hell.«

»Gleich ist der Höhepunkt erreicht.«

»War das ein Blitz?«

»Ein Knall.«

»Ein Urknall?«

»Jetzt ist es dunkel.«

»Luto, du kannst die Augen wieder öffnen. Der Laser hat sich ausgeschaltet.«

»Ah, deshalb.«

»Das Wasser ist schwarz.«

»Sieht nicht mehr wie Wasser aus. Eher wie ein pechschwarzes Nichts.«

»Meinst du, unser Experiment ist gelungen? Ich sehe nur schwarz.«

»Keine Ahnung. Im Buch steht nur, dass, nachdem man die Planetensuppe mit dem Laser für dreiundneunzig Sekunden bestrahlt hat, ein neues Universum voller Sterne und Planeten entstehen soll.«

»Hm. Täusche ich mich, oder wird das Schwarz immer dunkler?«

»Du hast recht, es scheint zu funktionieren.«

»Diese Spannung.«

»Ich habe noch nie so ein dunkles Schwarz gesehen.«

»Diese Ruhe.«

»Die Ruhe vor dem Sturm? Die Dunkelheit vor dem Licht?«

»Dunkler und dunkler. Selbst hier im Raum scheint es immer dunkler zu werden.«

»Ich kriege langsam Angst.«

»Hoffentlich hält das Aquarium.«

»Hoffentlich saugt uns die Dunkelheit nicht ein.«

»Haben wir ein Tor zur Hölle geöffnet?«

»Du schaust zu viel fern.«

»Da.«

»Wo?«

»Da, im dunkelsten Dunkel, ein Licht.«

»Oh mein Gott, es breitet sich aus.«

»Immer schneller.«

»Schließ die Augen. Schau weg.«

»Wow. Wow. Wow.«

»Ich glaub, ich bin blind.«

»Hast du ins Licht geschaut?«

»Ich konnte nicht anders.«

»Gib deinen Augen einen Moment.«

»Was siehst du?«

»Nichts.«

»Nichts?«

»Konnte ebenfalls nicht wegschauen. Das Licht. Es hatte mich völlig eingefangen.«

»Mich ebenfalls.«

»Was für ein Erlebnis.«

»Hoffentlich haben unsere Kameras und der Holorecorder alles aufgezeichnet.«

»Falls das Licht deren Linsen nicht durchgebrannt hat.«

»Ich sehe langsam wieder Punkte. Du?«

»Ich ebenfalls. Scheint, wir haben Glück gehabt. Geben wir unseren Augen noch einen Moment.«

»Wow.«

»Wow.«

»Mega-wow hoch drei.«

»Das Experiment hat funktioniert.«

»Dr. Phla und sein Buch haben nicht zu viel versprochen.«

»Eher zu wenig.«

»Was für ein Kontrast. Da schwarzes Nichts und darin scheinbar unendlich viele Lichter und kleine Kugeln um die Lichter. Fast wie wenn man während einer klaren Nacht mit einem Teleskop die Sterne beobachtet.«

»Eher wie die holografischen Simulationen unserer Galaxie im Kleinformat.«

»Unser eigenes kleines Universum.«

»Zum Anfassen.«

»Ich würde da nicht reinfassen.«

»Ja, du hast recht. Besser nicht.«

»Unser eigenes kleines Universum.«

»Von uns erschaffen.«

»Ein voller Erfolg.«

»Und das Aquarium hält.«

»Ein Aquarium voller Sterne und Planeten.«

»Unser eigenes Planequarium.«

28 | Der Postbote besucht den 13. Markt

»Sie sehen etwas verloren aus, kann ich Ihnen helfen?«

»Nein, nein. Danke. Ich versuche nur, die Stimmung einzufangen. So einen Markt wie diesen habe ich in der Tat noch nie gesehen.«

»Da haben Sie recht. Unser 13. Markt ist wirklich einzigartig. Heute ist der dritte, wenn Sie wirklich etwas erleben wollen, dann müssen Sie zum 13. kommen. Der ist ein richtiges Volksfest. Ganz Gans Anderswo kommt dann raus auf die Straße.«

»Eigentlich wollte ich bereits den letzten 13. Markt besuchen, musste dann aber kurzfristig zurück in die Hauptstadt. Wenn es irgendwie möglich ist, werde ich zum 13. wieder herkommen.«

»Sie kommen aus der Hauptstadt?«

»Ja. Ich arbeite dort als Postbote.«

»Ein Postbote aus der Hauptstadt. Hier in Gans Anderswo. Es gibt wirklich nichts, das es nicht gibt. Kommen Sie. Ich gebe Ihnen eine kleine Tour.«

»Danke, das ist nicht nötig.«

»Keine Widerrede, es ist mir ein Vergnügen, unseren einzigartigen 13. Markt in der Hauptstadt bekannter zu machen. Er ist einer der letzten Märkte, die noch in der Realität stattfinden und Groß und Klein weg vom virtuellen Netzwerk, raus an die frische Luft holen. Bringen Sie das nächste Mal einfach gleich noch ein paar Freunde und Bekannte mit.«

»Ich werde schauen, was ich tun kann.«

»Sehen Sie, hier beim Eingang ist unser legendärer Raben-händler. Bei ihm können Sie nicht nur lebende schwarze Ra-ben kaufen, nein, auf Wunsch brät er Ihnen sogar einen.«

»Haben Sie schon einmal einen gebratenen Raben gegessen?«

»Ja, beim letzten 13. Markt habe ich erstmals einen probiert. Kurz nachdem sich einer seiner Kunden in Luft aufgelöst hatte.«

»Hm ... was?«

»War wohl ein Zaubertrick. Hier gibt es viele Magier der alten Schule, die noch ihr Handwerk verstehen und nicht nur mit Hilfe von Hologrammen und anderen Projektionen eine Show abziehen.«

»Ich glaube, ich habe noch nie einen Magier live erlebt.«

»Computer und Holophone sind hier übrigens tabu. Falls Sie irgendein solches Gerät dabeihaben, schalten Sie es am bes-ten aus.«

»Gibt es hier regelmäßige Zaubervorführungen?«

»Ja, weiter hinten, in der gebogenen Gasse finden Sie die Bühnen mehrerer Magier. Die Vorstellungen sind alle kos-tenlos, Sie können sich ganz nach Belieben sattsehen.«

»Kostenlos?«

»Ja, hier in Gans Anderswo funktioniert alles mit Karma-punkten. Durch die kostenlose Vorführung erhalten die Dar-steller für ihre Großzügigkeit automatisch mehr Punkte, als sie verdienen könnten, wenn sie für die Vorführung Geld ver-langen würden.«

»Hm.«

»Haben Sie eine Karmakarte?«

»Ja, ich habe eine von der Wirtin im Gasthaus ›Zur roten Gans‹ erhalten.«

»Sehr gut. Dank dem Karmapunktesystem gibt es in unserer Siedlung keine hungernden Künstler. In der Tat gehören die

Künstler dank ihren selbstlosen Leistungen für die Allgemeinheit zu den angesehensten und wohlhabendsten Bewohnern von ganz Gans Anderswo.«

»Wow, in der Hauptstadt gibt es kaum mehr Künstler. Sie werden sogar von der Regierung und der Gesellschaft als Schmarotzer geächtet. Gleichwohl träumt wohl jeder Zweite insgeheim davon, ein freies Künstlerleben zu leben.«

»Das ist sehr ungesund. Hier kann jeder so leben, wie er will. Zumindest so lange er Respekt und Toleranz für alle anderen Menschen und Meinungen mitbringt und das Leben an sich hoch achtet.«

»Das dürfen Sie aber nicht zu laut sagen. Nicht dass die Regierung davon Wind kriegt und versucht, sich auch hier draußen in alles einzumischen und alles zu regulieren.«

»Keine Sorge, Gans Anderswo ist viel zu abgelegen und isoliert, hier raus kommen keine Spione. Die haben in der Hauptstadt genug um die Ohren. Obwohl ... Sie sind ein Postbote ... hm ... aus der Hauptstadt ... hm ... Sind Sie etwa ein Spion?«

»Nein, nein. Davon könnte ich nur träumen. Mit meinen beiden linken Beinen würde ich die Aufnahmeprüfung niemals bestehen.«

»Hm ...«

»Glühwein mit gemahlenem Hufeisenstaub, was ist das?«

»Eine lokale Spezialität. Kann ich sehr empfehlen, vor allem die Variante mit Schuss. Möchten Sie eine Tasse?«

»Danke, vielleicht später. Sind darin wirklich gemahlene Hufeisen?«

»Genau weiß man das hier nie. Das ist das Schöne am 13. Markt. Alles ist möglich. Gerüchten zufolge stammt der Glühwein-Händler von einer alten Familie von Pferdezüchtern ab. Da es keine Pferde mehr gibt, musste er sich etwas Neues überlegen. Wohin mit all den alten Hufeisen? Zu einem feinen Staub mahlen und ab in den Glühwein, das war seine Lösung. Gibt ihm einen außergewöhnlichen Geschmack und Würze.«

»Gibt es hier auch Planetenalchemisten?«

»Planetenalchemisten ... Noch nie etwas davon gehört. ... Aber wenn Sie ein Haustier suchen, sehen Sie sich diese süßen Kätzchen an. Haben Sie je zuvor so süße schwarze Kätzchen gesehen?«

»Nein.«

»Am Ende jedes Markttages ist der Katzenhändler ausverkauft. Oft schon mittags. So niedlich sind seine schwarzen Kätzchen.«

»Ich kann mit Haustieren leider nichts anfangen. Ich bin durch meinen Job viel zu viel unterwegs. Es wäre meist alleine zu Hause. Aber, ich kann Ihnen gerne eines schenken.«

»Nein, nein. Ich habe schon fünf zu Hause. Alle süßer und niedlicher als Zuckerwatte. Für mehr ist leider kein Platz.«

»Den Alchemisten betreffend ...«

»Kann ich Ihnen wirklich nicht weiterhelfen. Am besten Fragen Sie den Rabenhändler. Er ist schon seit Beginn des 13. Marktes dabei.«

»Gibt es den 13. Markt nicht schon seit Hunderten von Jahren?«

»Zeit ist relativ. Gefühlsmäßig vergeht sie hier draußen viel langsamer als in der Hauptstadt. Kaufen Sie sich einfach zuerst eine Portion des gebratenen Raben und loben Sie danach seine Kochkünste. Wer weiß, vielleicht kann er Ihnen weiterhelfen.«

»Danke.«

»Keine Ursache. Viel Erfolg!«

»Guten Tag, der Herr, wünschen Sie einen treuen Begleiter? Mit einem meiner Raben werden Sie sich nie einsam fühlen!«

»Nein danke. Mir wurde Ihr gebratener Rabe empfohlen. Eine Portion, bitte.«

»Gebratener Rabe ist leider bereits ausverkauft. Die Nachfrage ist seit dem letzten Markttag so groß wie nie zuvor. Aber ich kann Ihnen meine neuste Kreation empfehlen. Sind Sie mutig?«

»Nein. Nicht wirklich. Was haben Sie Feines kreiert?«

»Schwarze Rabensuppe garniert mit frischen Federn und schwarzen Augen.«

»Hm.«

»Ist wirklich ein einmaliges Geschmackserlebnis und bisher hat sich noch keiner der Konsumenten aufgelöst. Habe vorhin sogar selbst eine Schüssel voll genossen.«

»O. K., geben Sie mir eine Schüssel.«

»Hier.«

»Das ist aber eine große Schüssel.«

»Nein, nein, nur ein halber Liter. Hat genug Koffein und Kalorien, um Sie für die ganze Nacht zu stärken und wachzuhalten.«

»Für die ganze Nacht?«

»Ja. Kennen Sie die große Feier am Ende des Markttages nicht?«

»Nein, ich bin das erste Mal hier.«

»Dann müssen Sie unbedingt bis zum Schluss bleiben. Jeder 13. Markt endet mit einem großen Straßenfest. Alle sind auf den Beinen, selbst die größten Bewegungsmuffel tanzen, trommeln, singen und feiern. Als ob es kein Morgen gäbe. Bis zu den ersten Sonnenstrahlen.«

»Mal schauen.«

»Sie müssen es selbst wissen. Solche Feiern gibt es sonst im ganzen Land schon seit vielen Jahrzehnten nicht mehr. Auf den eigenen Beinen zu stehen und zu tanzen ist ganz was anderes, als an einer dieser öden virtuellen Partys im virtuellen Netzwerk der Regierung teilzunehmen und monoton mit dem Kopf mitzunicken.«

»Hm.«

»Nun essen Sie erst mal Ihre Suppe. Keine Angst, beißen kann sie nicht, die Schnäbel der Raben habe ich nicht mitgekocht.«

»Die Federn und Augen verwirren mich.«

»Können Sie etwas für sich behalten?«

»Hm ... ja.«

»Die Augen sind bemalte Oliven und die Federn Fenchelkraut. Alles ist essbar. Es ist garantiert kein Rabe in der Suppe. Meinen Raben würde ich niemals auch nur ein Haar krümmen und sie schon gar nicht kochen.«

»O. K., o. k., ich werde Ihre Suppe auslöffeln.«

»Guten Appetit.«

»Hat es Ihnen geschmeckt?«

»Erstaunlich. Habe wirklich noch nie etwas Vergleichbares gegessen.«

»Danke. Möchten Sie noch eine Portion?«

»Nein, aber eine Information, falls Sie mir helfen können.«

»Hm ... Was für eine Information?«

»Gibt es auf dem 13. Markt Planetenalchemisten?«

»Die angewandte Planetenalchemie ist streng verboten, mein Herr. Hm ... Sind Sie etwa ein Spion der Regierung?«

»Nein, nein. Nur ein Postbote auf der Durchreise.«

»Arbeiten Postboten nicht für die Regierung?«

»Nein, die Post wurde schon lange privatisiert. Genau genommen wird sie aus Nostalgie von einer gemeinnützigen Stiftung betrieben und finanziert. Mit Briefen ist schon lange kein Geld mehr zu verdienen.«

»Wahrscheinlich, weil es kaum mehr Poststellen gibt. Wer will schon extra in die Hauptstadt reisen, um einen Brief aufgeben zu können? Da bringt man ihn lieber gleich selbst dem Empfänger.«

»Zurück zu meiner Frage ...«

»Nun, da Sie kein Spion sind, kann ich Ihnen vielleicht weiterhelfen.«

»O. K. Gibt es hier einen?«

»Tatsächlich gab es hier einen Herrn, der im Ruf stand, die große Kunst der angewandten Planetenalchemie zu beherrschen. Er war jeweils jeden dreizehnten 13. Markt mit seinem Stand hier vor Ort.«

»War?«

»Ja, leider hat er sich kürzlich in Luft aufgelöst.«

»In Luft aufgelöst?«

»Ja, das kann passieren.«

»Wie?«

»Nun, wenn man sehr, sehr viele Jahre auf dem Buckel hat, da holt einen die Natur irgendwann doch noch ein. Für immer kann man ihr nicht ein Schnippchen schlagen. Und *puff*, man löst sich auf. Nichts bleibt zurück als ein kleines Häufchen Staub, das der nächste Windstoß verweht.«

»Das ist nicht Ihr Ernst.«

»Habe es schon mehrmals mit meinen eigenen Augen beobachtet. Die in Luft aufgelösten Personen wurden jeweils nie wieder gesehen. Ab und zu fürchte ich, dass es mich irgendwann auch treffen könnte. Ich bin auch nicht mehr der Jüngste. Doch wer würde sich dann um meine geliebten Raben kümmern?«

»Hä?«

»Es gibt natürlich auch diejenigen, die sagen, das alles ist nur ein großer Zaubertrick. Aber wer weiß das schon? Alles ist möglich.«

»Das hört sich schon etwas glaubwürdiger an.«

»Hier kann jeder denken, sagen, glauben und sein, was er will. Das ist das Schöne an Gans Anderswo.«

»Wo war der Stand dieses aufgelösten Herrn? Bei den Magiern?«

»Nein, er hatte seinen Stand versteckt in einer kleinen Seitengasse hinter dem Händler für garantiert einwandfreie Salzstreuer, in der Nähe der süßen schwarzen Kätzchen. Auch wenn er wiederauftauchen sollte, er war nur jeden dreizehnten 13. Markt hier. Heute ist erst der dritte.«

»Danke, ich werde mich noch etwas umschauen. Die Magier besuchen. Die Atmosphäre genießen.«

»Tun Sie das. Und bleiben Sie unbedingt bis zum Schluss. Es tut wirklich gut, sich ab und an Körper und Seele nach Herzenslust auszutanzen. Mit jedem Schritt, mit jeder Bewegung werden Ihre Sorgen nur so davonfliegen und Ihnen ermöglichen, Ihr Leben erneut in vollen Zügen zu genießen.«

27 | Den blauen Bällen geht es an den Kragen

»Was machst du da?«

»Hier, fang.«

»Hey!«

»Glück gehabt.«

»Hm.«

»Was wohl drin ist?«

»Keine Ahnung. Wie geht es unserem Planequarium?«

»Scheint alles paletti zu sein. Ist immer noch voller Miniatursterne und -planeten. Wenn ich mich nicht täusche, sind es sogar noch mehr geworden.«

»Unser Universum expandiert. Cool.«

»Spannend wäre es, zu sehen, was auf all den Planeten geschieht. Ob das Ganze nur eine Zauberei ist oder ob es Vulkanismus, Wasser und Leben auf unseren Planeten gibt.«

»Cool wäre das eine oder andere schwarze Loch.«

»Haha, das wäre wirklich cool.«

»Vielleicht gibt es im Brockenhaus ein günstiges Vergrößerungsglas oder ein besseres Objektiv für unsere Kamera.«

»Gute Idee. Gehen wir morgen schauen. Heute will ich endlich herausfinden, was es mit diesen blauen Bällen auf sich hat.«

»Sie fühlen sich an, als ob sie mit etwas gefüllt wären.«

»Wirf ihn gegen die Wand.«

»Siehst du, für Gummibälle prallen sie ganz komisch ab.«

»Verlieren viel zu viel von ihrem Schwung.«

»Als Erstes geht es diesem hier an den Kragen. Messer oder Axt?«

»Warum nimmst du für den Anfang nicht eine Nadel?«

»Habe ich vorhin bereits versucht. Ist mir entzweigebrochen.«

»Hammer und Nagel?«

»Hm … o. k. Sollte es nicht gelingen, nehme ich als Nächstes die Axt.«

»Zum Glück haben wir keine Motorsäge.«

»Kannst du mir Ball und Nagel festhalten?«

»Nein, meine Finger sind mir zu schade.«

»Keine Angst, ich werde nicht danebenschlagen.«

»Das sagst du jetzt, Luto. Falls doch, sind es trotzdem wieder meine Finger, die schmerzen.«

»Erdea, das beim Küchentischzusammenbauen war ein Versehen, wie lange willst du mir das noch unter die Nase reiben?«

»Ich verstehe immer noch nicht, warum wir dort überhaupt Nägel benötigt haben.«

»Wir hatten bei unserem Umzug die Schrauben verloren und das Klebeband bereits aufgebraucht.«

»Am besten spannst du den Ball in den Werktisch, dann kann ich von hier aus sicherer Entfernung zuschauen.«

»Ja, das könnte gehen.«

»Bist du bereit?«

»Leg los!«

»Verdammt, woher kam all das Wasser?«

»Haha, du bist pitschnass.«

»Du hast gut lachen.«

»Du wolltest alles aus sicherer Entfernung beobachten.«

»Alles ist zu mir gespritzt.«

»Das müssen mindestens zehn Liter gewesen sein.«

»Aus diesem kleinen Ball.«

»Der muss mit komprimiertem Wasser der neusten Generation gefüllt gewesen sein. Selbst unser Komprimator kann Wasser nicht so extrem komprimieren.«

»Wer würde so etwas tun? Das Wasser eines Flusses in blaue Bälle abfüllen und danach den Fluss selbst mit diesen Bällen befüllen?«

»Vielleicht die Regierung, die ist zu allem fähig.«

»Aber warum? Die Bälle können viel einfacher als das fließende Wasser mitgenommen werden. Dem Regulierungswahn ist so kaum geholfen.«

»Damit es nicht verdunstet? Hochwasserschutz? Um es einfacher verkaufen zu können? Einfach so zum Spaß?«

»Luto, sieh mal dort am Boden. Ein Fisch.«

»Wow, da war nicht nur Wasser drin.«

»Oh, ich glaube, der ist nicht mehr zu retten. Sorry, Fisch, wir haben dich zu spät entdeckt. Was wollen wir mit ihm machen?«

»Legen wir ihn in den Kühlschrank, der wird unser Mittagessen. Ich weiß gar nicht, wann wir zuletzt frischen Fisch zu essen hatten. All diese Vitaminpillen, Breie und Nahrungssäfte hängen mir schon länger zum Hals heraus.«

»Frisches Essen ist unsinnig teuer geworden.«

»Nun, heute gibt es frischen Fisch.«

»Öffnen wir den nächsten Ball, vielleicht finden wir eine Beilage zum Fisch.«

»Bananen wären fein.«

»Hier, versuch diesen hier.«

»Moment. Was machen wir mit all dem Wasser?«

»Wir stellen ein Gefäß darunter und fangen es auf. Zum Beispiel das Goldfischglas von Gerda Müller.«

»Ist das nicht zu klein?«

»Wenn es das Wasser auffängt, bevor es expandiert, sollte es für zwei, drei Bälle genügen. Danach schauen wir weiter.«

»Diesmal nehme ich das Messer.«

»Und spann ihn nicht so fest ein wie den davor.«

»Du hältst das Goldfischglas.«

»O. K. Leg los.«

»Super, diesmal ging nichts daneben.«

»Und wenn schon, bei deinen bereits durchnässten Kleidern hätte es keinen Unterschied gemacht.«

»Sieh nur, es hatte wieder etwas drin.«

»Könnte eine komprimierte Wasserschildkröte sein.«

»Die kochen wir aber nicht.«

»Nein, stellen wir das Glas auf den Tisch. Jetzt haben wir nicht nur ein Planequarium, sondern sogar ein Schildkrötengoldfischglas.«

»Ich hole oben unseren Putzeimer. Dann können wir die Bälle jeweils darüber öffnen. Sollten weitere Tiere darin sein, tun wir sie zur Schildkröte. Das Wasser schütten wir in die Kanalisation.«

»O. K.«

»Mutig, du hast dich umgezogen.«

»Nicht, dass ich mir eine Erkältung hole.«

»Willst du den nächsten Ball aufschneiden?«

»Gerne, gib her.«

»Soll ich dir zeigen, wie ich es gemacht habe?«

»Nein, nein. Ich kann das.«

»Haha.«

»Da gibt's nichts zu lachen.«

»Doch, Erdea. Und wieder bist du pitschnass.«

»Anfängerfehler. Kann jedem passieren.«

»Haha, mir nicht.«

»Ist dir vorhin auch passiert.«

»Ja, nur hatte ich dich und nicht mich selbst nassgespritzt.«

»Siehst du etwas? Zappelt irgendwo ein Tier herum?«

»Nein. Ist alles Wasser aus dem Ball herausgekommen?«

»Ah, dort unten, im Eimer. Eine weitere Schildkröte, ein Freund für die im Goldfischglas.«

»Vielleicht gibt es Junge.«

»Vielleicht sind die Bälle eine Art moderne Arche Noah.«

»Müssten dann die Tiere nicht paarweise in den Bällen sein?«

»Keine Ahnung. Schneiden wir noch zwei, drei weitere auf. Wie viele haben wir noch?«

»Dutzende, ich war letzthin nochmals unten am Fluss welche holen.«

»Ein Papagei!«

»Ein was?«

»Siehst du, in diesem hier war ein pitschnasser Papagei.«

»Tatsächlich.«

»Und er lebt sogar noch.«

»Er sieht aber sehr verängstigt aus.«

»Wärst du auch, wenn du mit zehn Liter Wasser zusammen komprimiert und in einem blauen Gummiball eingeschlossen wärst. Wer weiß, wie lange er dadrin war?«

»Pass auf. Er hüpft davon.«

»Nein, nein. Er hat sich nur unterm Regal versteckt. Lassen wir ihn einen Moment in Ruhe, damit er sich erholen und seine Federn trocknen kann.«

»O. K. Hier, der nächste.«

»Bananen.«

»Wirklich?«

»Nein, aber genauso unglaublich.«

»Was ist es?«

»Sieh selbst.«

»Ein gelbes Spielzeugsegelschiff. Wahnsinn. Wie alt das wohl ist?«

»Keine Ahnung, die gibt es schon lange, lange nicht mehr zu kaufen.«

»Sind sie nicht sogar verboten?«

»Hm, gut möglich. Zumindest waren sie es während der großen Dürre, damit nicht unnötig Wasser verschüttet wird.«

»Mach weiter.«

»Willst du wieder?«

»Nein, nein. Zuschauen ist spannender. Außerdem bist du ja schon nass.«

»Zuletzt habe ich kein Wasser mehr verschüttet.«

»Was nicht mehr ist, kann wieder werden.«

»Äpfel. Eine ganze Kiste voll.«

»Die servieren wir zusammen mit dem Fisch.«

»Und füttern den Papagei und die Schildkröten mit der einen oder anderen Scheibe.«

»Weiter.«

»Gartenhandschuhe. Drei linke.«

»Praktisch.«

»Noch ein Fisch.«

»In die Gefriertruhe.«

»Ein alter Stiefel.«

»Ist etwas drin?«

»Im Stiefel?«

»Ja, wo sonst? Der Nikolaus aus den alten Geschichten füllte doch die Stiefel, die die Leute an ihren Kaminen aufgehängt hatten.«

»Waren es nicht die Socken? Eier, er ist voller Hühnereier.«

»Essen oder ausbrüten, das ist hier die Frage. Hm ... Hier, der nächste.«

»Uh, das stinkt.«

»Wie Gülle.«

»Sieht aber aus wie eine Art Kuchen.«

»Nein, nein. Das ist ein Kuhfladen. Das habe ich kürzlich in einer Doku gesehen. Es gab einmal vor langer Zeit Tiere, die auf Grasweiden lebten, den Menschen einen weißen Saft zu trinken gaben und ihr Geschäft in Form von solchen Fladen

machten. Im Film nannten sie sie Kühe und ihr kuchenarti-
ges Geschäft Kuhfladen.«

»Na danke, das essen wir aber nicht.«

»Nein, besser nicht. Weiter.«

»Genug für heute. Essen wir erst unseren Fisch und füttern
unsere neuen Mitbewohner. Siehst du, der Papagei hat sich
in der Zwischenzeit etwas erholt und schaut neugierig unter
dem Regal hervor. Ob er wohl einen Namen hat?«

»Freitag.«

»Was?«

»Das hat der Papagei gesagt.«

»Nein, Luto, das warst du.«

»Wer weiß. Los, weiter. Geh noch einem Ball an den Kragen.«

»Aber nach diesem ist wirklich Schluss für heute.«

»Na gut.«

»Unglaublich.«

»Was ist es?«

»Du wirst dich freuen.«

»Wieder ein Segelschiff?«

»Nein.«

»Gar ein Auto?«

»Nein. Ein letzter Versuch?«

»Eine Dampfmaschine?«

»Haha, nein. Diesmal sind es wirklich Bananen.«

»Nein!«

»Doch. Ein ganzer Strauß Mini-Bananen. Schau selbst.«

»Die sind aber grün.«

»Müssen noch reifen.«

»Dauert das lange?«

»Keine Ahnung, wenn sie gelb sind, sollte es so weit sein.«

»Los, hängen wir sie dort oben an den rostigen Haken am Dachbalken.«

»O. K. Der Haken ist mir bisher gar nicht aufgefallen.«

»Und du, lieber kleiner Papagei, mach nicht so große Augen, die Bananen sind für mich, nicht für dich.«

»Sei nicht so. Hier, lieber Herr Papagei, hier habe ich für dich ein feines, kleines Apfelschnitzchen.«

»*Kra.*«

»So, fertig für heute.«

26 | Petra

»Wer wohl um diese Zeit an meine Türe klopft?«

»Oh, hallo, Petra.«

»Hallo, Gerda, wie geht es dir?«

»Komm rein, komm rein. Freut mich sehr, dich zu sehen.«

»Entschuldige, dass ich so früh morgens hereinplatze.«

»Kein Problem, kein Problem, du bist bei mir immer willkommen. Wie du weißt, bist du meine Lieblingsenkelin.«

»Ich bin dein einziges Enkelkind.«

»Auch sonst hätten andere es schwer, dir deinen Rang bei mir abzulaufen.«

»Danke. Wie geht es dir?«

»Gut, gut. Deine alte Wohnung habe ich leider seit sieben Jahren vermietet. Aber die zwei Mieter waren so freundlich, mir zu helfen, die alte Garage auszumisten, damit ich dir eine neue Wohnung herrichten kann.«

»Cool. Danke.«

»Möbel müssen wir aber noch kaufen. Ich habe dich nicht so bald zurückerwartet.«

»Kein Problem. Ich wurde mit meinen Nachforschungen früher fertig als geplant und bin schon gestern eingetroffen. Die Nacht habe ich in der vergessenen Bibliothek unten am Fluss verbracht. Ich wollte etwas im Buch meines Lehrers Dr. Phla nachlesen, konnte es aber nirgends finden.«

»Vielleicht hat es jemand mitgenommen. Viele hier kennen und schätzen die alte Bibliothek. Wer nimmt nicht ab und an gerne ein richtiges Buch zur Hand? Sie ist eine der letzten im ganzen Land. Alle anderen wurden digitalisiert und die Bücher verbrannt. Unendlich viel Wissen ging dabei verloren.«

»Ja, alles, was der Regierung nicht genehm war, verschwand bei der Digitalisierung auf mysteriöse Art und Weise durch einen Softwarefehler. Ha! ... Zum Glück seid ihr Gans Anderswoer etwas stur und eigensinnig und macht nicht jeden Mist blindlings mit.«

»Niemand aus unserer Siedlung würde die alte Bibliothek verraten, da bin ich mir sicher. Aber dass jemand dein Buch ausgeliehen hat, ist gut möglich. Bücher auszuleihen und Wissen zu verbreiten war früher der Zweck einer Bibliothek.«

»Ich werde am Abend nochmals hingehen, vielleicht hatte ich es das letzte Mal, als ich hier war, einfach woanders hingelegt, als ich mich erinnere. Ist auch schon acht Jahre her.«

»Um was ging es in dem Buch? Stellst du Nachforschungen an für ein neues Experiment?«

»Die Theorie zur kontrollierten Erschaffung von Planeten und Universen in einem geschlossenen Behälter.«

»Uh, pass aber auf, wem du das erzählst. Nicht, dass du verhaftet wirst. Planetenalchemie wird auf der Straftatenliste ganz oben aufgeführt, wie ich letzthin im Netzwerk gesehen habe.«

»Hier bei euch draußen wird mich schon niemand verpfeifen.«

»Die Einheimischen sicher nicht. Aber in letzter Zeit hat es hier einige neue Gesichter gegeben. So schleicht seit einiger Zeit ein Herr umher, der sich als Postbote ausgibt. Er hat sogar eines dieser mechanischen Pferde.«

»Ein Postbote? Super, dann wird mein Brief angekommen sein.«

»Dein Brief?«

»Hat mich ein kleines Vermögen gekostet. Einer meiner Freunde hatte entdeckt, dass ein Bewohner von Gans Anderswo all seine Wissenskredits für das Studium der Geschichte der Planetenalchemie ausgegeben hat. Er konnte mir leider weder sagen, wer er ist, noch wo er wohnt. Nur die anonymisierte Postadresse hatte er herausgefunden. Die Post hatte sich geweigert, mir zu sagen, zu wem der Adresscode gehört. Da habe ich eben einen Brief aufgegeben.«

»Uh, ein neuer Planetenalchemist ist in unsere kleine Siedlung gezogen, das wird ein Spaß.«

»Hoffentlich finde ich ihn oder sie, bevor es die Regierung tut. Zur Sicherheit habe ich meinen Bekannten gebeten, die Spuren im Netzwerk so gut wie möglich zu verwischen.«

»Ob er wohl den gleichen Fehler macht wie du und ein Universum in einem Aquarium erschaffen will? Erinnerst du dich noch?«

»Oh ja. Zum Glück konnte ich keinen Laser auftreiben, der stark genug war, um das Experiment in Gang zu setzen. Wer weiß, was alles hätte passieren können?«

»Dr. Phla hatte ganz verzweifelt überall nach dir gesucht. Ich erinnere mich, als ob es gestern gewesen wäre, wie er hier an meiner Tür klopfte und außer Atem erklärte, die Zeit sei noch nicht gekommen.«

»Was er wohl damit gemeint hat? Mir sagte er, selbst ein Goldfischglas wäre für mein Experiment besser geeignet gewesen als ein Aquarium. Danach schickte er mich auf meine Reise quer durchs ganze Land, um Nachforschungen anzustellen. Ich habe zwar alle gesuchten Informationen gefunden, bin mir aber nicht sicher, was er damit wollte. Deshalb habe ich sein Buch in der alten Bibliothek gesucht. Er wird wohl erst wieder beim nächsten dreizehnten 13. Markt hier sein?«

»Vielleicht auch nicht. Ich habe das Gerücht gehört, dass er sich vor den Augen vieler in Luft aufgelöst hat. Sie waren sich uneins, ob es ein guter Zaubertrick war oder ob seine Zeit hier auf Erden abgelaufen ist.«

»Aufgelöst? Oh nein. Dann ist es so weit. Er hatte mich gewarnt, sollte er sich einmal plötzlich in Luft auflösen, dann wird die Welt, wie wir sie kennen, aufhören zu existieren.«

»Ach, hör doch auf. Der gute alte Dr. Phla war schon immer ein Dramatiker. Für ihn gab es immer nur den siebten Himmel oder das nächste Weltuntergangsszenario und nichts dazwischen.«

»Gerüchten nach soll es in der Planetenalchemie genauso sein. Entweder gelingt das Experiment und es ist ein unglaublich wundervolles Schauspiel oder es misslingt und die Welt, wie wir sie kennen, wird zerstört.«

»Ich würde das nicht so eng sehen. Das ist nur Propaganda der Regierung. So lange, wie du die Planetenalchemie schon studierst, solltest du das doch inzwischen besser wissen.«

»Und doch kenne ich nur die Theorie.«

»Dann wird es Zeit, sie in die Praxis umzusetzen. Ich erinnere mich, wie du mir damals, als kleines Mädchen, meinen eigenen Stern versprochen hast.«

»Ja, das waren noch gute, unbeschwerte Zeiten.«

»Du darfst dich nicht selbst schlechtmachen. Du bist eine Expertin der Planetenalchemie. Mach dein Experiment. Sammle deine Erfahrungen.«

»Danke. Als Erstes muss ich mehr über das Verschwinden des Doktors herausfinden. Er ist der Einzige, der weiß, wie man die für das Experiment nötigen Pulver herstellt.«

»Falls du dabei Hilfe brauchst, gib mir Bescheid. Ich helfe dir gerne. Etwas Abwechslung würde mir sicherlich guttun.«

»Ein Bett, um ein paar Stunden zu schlafen, wäre nett. Langsam spüre ich die lange Reise und die unzähligen durchgearbeiteten Nächte in meinen Knochen.«

»Du kannst dich in mein altes, gemütliches Doppelbett legen. Ich geh in der Zwischenzeit gleich die Möbel für deine Wohnung bestellen. Wenn wir Glück haben, werden sie sogar noch heute geliefert.«

»Danke.«

»Nichts zu danken. Ich freue mich, dass du wieder hier bist.«

»Ich freue mich auch, wieder zurück in Gans Anderswo zu sein. War wirklich zu lange fort.«

»So, nun ruh dich gut aus und fühl dich wie zu Hause.«

»Danke. Bis später.«

25 | Freitag entdeckt das Planequarium

»Wie geht es Freitag?«

»Nennst du unseren Papagei immer noch Freitag?«

»Weißt du einen besseren Namen für ihn?«

»Sobald er zu sprechen beginnt, können wir ihn fragen.«

»Oder sie.«

»Was?«

»Falls sie eine Papageiendame ist.«

»So genau will ich ihn mir nicht anschauen. Schau, wie verängstigt er zu dir rüberguckt.«

»Was hast du in deiner Tasche?«

»Ich war nochmals kurz unten am Fluss blaue Bälle holen. All die Sachen, die wir gefunden haben, machen mich neugierig, was wir in all den anderen finden könnten.«

»Wollen wir bei Gelegenheit einen Ausflug flussaufwärts machen und schauen, ob es den Staudamm wirklich gibt?«

»Hm. Das ist ein weiter Weg.«

»Etwas frische Luft würde uns guttun. Zudem läuft unser Experiment besser als geplant, bisher gab es keinerlei Komplikationen. Fast schon langweilig.«

»Ich hoffe, dass ein schwarzes Loch entsteht, das wäre spannend zu beobachten.«

»Zuerst brauchen wir ein Vergrößerungsglas.«

»Im Brockenhaus gab es keines. Jedoch ein altes Teleskop hatten sie auf Lager.«

»Das könnte gehen.«

»Das habe ich mir auch gedacht und es mir reservieren lassen. Zum Kaufen war es mir noch zu teuer.«

»Akzeptieren sie im Brockenhaus keine Karmapunkte?«

»Doch, aber ich hatte nicht genügend auf meiner Karte. Es soll ein ganz außergewöhnliches, antikes Teleskop sein. Preistreiberei.«

»Fragen wir in ein paar Tagen noch einmal, vielleicht lässt er mit sich reden.«

»Was war das?«

»Die Türklingel.«

»Sieh nur, Freitag kann fliegen.«

»Die Türklingel muss ihn erschreckt haben.«

»Ich liebe es, Vögeln beim Fliegen zuzusehen. Sie scheinen dann immer so frei und unbeschwert.«

»Draußen in der Natur vielleicht. Hier drinnen macht er ein paar Flügelschläge und erreicht schon die nächste Wand.«

»Luto, gehst du schauen?«

»Was schauen?«

»Wer vor der Türe steht.«

»Nicht vor der Kellertüre, vor der Eingangstüre.«

»Ah, das hast du gemeint. Ich hatte schon ganz vergessen, dass jemand geklingelt hat.«

»Guten Tag.«

»Guten Tag, haben Sie kürzlich einen Brief erhalten?«

»Nein.«

»Hier steht aber, dass der Postbote 735 Ihnen kürzlich einen Brief übergeben hat.«

»Nein, da müssen Sie sich irren.«

»Ein Brief einer gewissen Petra Phe. Kennen Sie sie?«

»Nein, noch nie gehört.«

»Darf ich reinkommen?«

»Nein. Wer sind Sie überhaupt?«

»Mein Name tut nichts zur Sache.«

»Uh, geheimnisvoll. Was tut denn etwas zur Sache?«

»Der Brief, den Sie erhalten haben.«

»Ich habe keinen Brief erhalten.«

»Ich sehe aber einen dort unten auf dem Tisch liegen.«

»Nein, das ist kein Brief. Zudem habe ich Ihnen nicht erlaubt, bei uns hineinzuschauen. Ein Wunder, dass es dagegen noch kein Gesetz gibt.«

»Haben Sie etwas gegen Gesetze?«

»Wer sind Sie? Eine Spionin der Regierung?«

»Nein.«

»Wer dann?«

»Na gut, ich arbeite als freie Mitarbeiterin für die Regierung.«

»Warum?«

»Warum was?«

»Warum arbeiten Sie für die Regierung?«

»Haben Sie etwas gegen die Regierung?«

»Nein.«

»Hm … Die Bezahlung ist gut und man kommt in der Welt herum. Erlebt Sachen. Lernt Leute kennen. Sitzt nicht immer nur zu Hause in den eigenen vier Wänden und verbringt den Großteil seines Lebens im virtuellen Netzwerk.«

»Immer nur in der virtuellen Realität zu leben und zu arbeiten ist auch nicht meines.«

»Was arbeiten Sie?«

»Nichts Spannendes. Was wollen Sie hier?«

»Ich muss einen Brief einer gewissen Petra Phe finden. Dem System nach ist er bei Ihnen angekommen.«

»Wer versendet heute denn noch Briefe?«

»Das habe ich mich auch gefragt.«

»Sicherlich hat sich ein Fehler in Ihr System eingeschlichen.«

»Nein, nein. Das System irrt sich nie.«

»Irgendwann ist immer das erste Mal. … Huch!«

»War das ein Papagei?«

»Ja, Freitag.«

»Wo haben Sie denn den her?«

»Ist uns zugeflogen.«

»Wirklich, ich habe noch nie einen echten Papagei gesehen.«

»Sehen Sie, und schon haben Sie etwas Neues erlebt. Genauso kann sich zum ersten Mal ein Fehler im System eingeschlichen haben.«

»Hm. Überzeugt bin ich nicht. Aber ich werde die Daten nochmals überprüfen.«

»Viel Spaß dabei.«

»Was?«

»Tschüss.«

»Wer war das?«

»Eine freischaffende Agentin der Regierung.«

»Kommen die jetzt bis nach Gans Anderswo? Was wollte sie?«

»Den Brief, den wir erhalten haben. Habe ihr gesagt, wir haben keinen Brief erhalten.«

»Hm, besser, wir vernichten den Brief, falls sie wieder herkommt.«

»Oder wir lesen ihn?«

»Kompromiss: Ich lege ihn hier in die Schublade, so wird er nicht mehr gesehen und wir können ihn irgendwann später lesen.«

»Was ist das für ein Klopfen?«

»Steht wieder jemand vor der Tür?«

»Hm, nein, hier ist niemand.«

»Gibt es einen Hintereingang?«

»Nicht dass ich wüsste, höchstens vielleicht im unteren Keller.«

»Hm.«

»Hör nur, es kommt wirklich von unten.«

»Hört sich aber komisch an. Als ob jemand mit einem harten Gegenstand gegen eine Glasscheibe klopfen würde.«

»Jetzt höre ich es auch. Komisch.«

»Übrigens, wo ist Freitag?«

»Ich sehe ihn nicht. Du meinst nicht etwa, er …«

»Oh nein, das Planequarium.«

»Schnell runter.«

»Weg da, Freitag.«

»Lass unser Planequarium in Ruhe.«

»*Kra.*«

»*Kra.*«

»Aua. Der kleine Flegel hat mich gebissen.«

»Was hat er bloß gegen unser Experiment?«

»Ich geh Klebeband holen.«

»Warum?

»Damit klebe ich ihm den Schnabel zu.«

»Hol besser einen Apfel.«

»Na, Freitag, da schaust du. Möchtest du eine Scheibe dieses
feinen Apfels?«

»*Kra.*«

»Komm mit nach oben, dann kriegst du den ganzen Apfel.«

»*Kra.*«

»Ein ganzer Apfel für dich alleine, Freitag.«

»*Kra.*«

»Wir müssen schauen, dass die Türe zum unteren Kellergeschoss immer verschlossen ist. Wer weiß, was passieren könnte, sollte er einmal länger alleine hier unten sein. ... Hat er das Planequarium beschädigt?«

»Hm, das Glas hat ein paar Kratzer abbekommen.«

»Ist es gesprungen?«

»Hier, sieh es dir an.«

»Ein kleiner Riss.«

»Scheint nicht hindurchzugehen.«

»Sollte kein Problem sein.«

»Hier, Klebeband.«

»Das ist nicht nötig.«

»Ein Pflaster fürs Planequarium ... Für alle Fälle.«

»Diese dicken Glasscheiben sollten schon etwas mehr aushalten als einen Papageienschnabel.«

»Hm, gehen wir oben nachschauen, ob sich Freitag wieder beruhigt hat.«

24 | Petra trifft Linda

»*Wuff, wuff.*«

»Na du, was bist du für eine Süße?«

»*Wuff, wuff.*«

»Du bist ja pitschnass. Wie hast du das geschafft?«

»*Wuff, wuff.*«

»Soso. Na, wo ist dein Herrchen?«

»*Wuff, wuff.*«

»Ah, da ist sie ja.«

»Guten Tag, Herr Hugenbühler.«

»Petra, bist du das?«

»In Fleisch und Blut.«

»Schön, dich zu sehen! Ist lange her.«

»War die letzten acht Jahre auf Reisen.«

»Viel erlebt?«

»Dies und das. Und Sie? Wie ich sehe, gehen Sie immer noch jeden Tag mit Bella spazieren.«

»Das ist Linda. Bella ist leider vor fünf Jahren verstorben.«

»Oh, das tut mir leid.«

»Nein, nein. Muss es nicht. Bella hatte ein sehr schönes, langes Leben.«

»Wie alt wurde sie?«

»Siebzehn Jahre. Linda ist aber genauso ein süßer Schatz. Und so verspielt. Vorher haben wir mit einem dieser blauen Bälle aus dem Fluss Fangen gespielt. War so amüsant, als sie hineingebissen hat und all das Wasser herausgeschossen kam.«

»Die blauen Bälle sind mit Wasser gefüllt?«

»Anscheinend. Das wussten Linda und ich auch nicht. Völlig verdutzt hat sie geschaut. Pitschnass und verdutzt. Und da ist sie davongesprungen. Zum Glück hat sie dich getroffen und sich wieder beruhigt.«

»Wer kam auf die Idee?«

»Wir laufen jeden Tag hier entlang und da dachte ich, nimm doch mal so ein Ball und schau, ob Linda Fangen spielen will.«

»Nein, ich meinte, wer kam auf die Idee, das Wasser des Flusses in blaue Bälle und den Fluss mit ebendiesen zu füllen?«

»Ach so, keine Ahnung. Aber du bist nicht die Erste, die mich das fragt. Vor ein paar Wochen bin ich unten bei der roten Brücke einer jungen Frau und einem jungen Mann begegnet. Sie interessierten sich ebenfalls sehr für die blauen Bälle. Sie haben sogar heimlich eine Tasche voll mitgenommen.«

»Hm, ich denke, da wäre jeder neugierig, nur die meisten sehen wahrscheinlich nicht so genau hin, um zu bemerken, dass mit dem Fluss etwas nicht stimmt.«

»Übrigens, bist du auf dem Weg zur alten Bibliothek?«

»Ja, warum?«

»Sei vorsichtig, dass dir niemand folgt. Hier treiben sich in letzter Zeit viele neue Gesichter rum. Würde mich nicht wundern, wenn die Regierung ihre Spione neuerdings bis zu uns raus entsendet. Dem Kulturminister ist Gans Anderswo schon lange ein Dorn im Auge.«

»Das war nur ein Postbote, er hatte einen Brief für mich ausgeliefert. Ich denke, er wollte einfach ein paar Tage entspannen, bevor er in den Trubel der Hauptstadt zurückkehren musste, und ist sonst ganz harmlos.«

»Nein, nein. Der Postbote ist bereits vor zwei Tagen abgereist. Die Wirtin des Gasthauses ›Zur roten Gans‹ hat mir das gestern erzählt und von ihm geschwärmt. Man könnte fast meinen, sie hätte sich in ihn verguckt.«

»Hm, das überrascht mich.«

»Warum? Ihr letzter Ehemann ist schon viele Jahre unter der Erde.«

»Nein, das andere.«

»Ach so. Mag sein, dass das große Projekt beim alten Staudamm Gans Anderswo wieder zurück auf den Radar der Regierung gebracht hat.«

»Was für ein Projekt? Ich dachte, der alte Staudamm sei vor Jahrzehnten stillgelegt worden.«

»Dort oben scheint etwas Neues im Gange zu sein.«

»Etwas Neues?«

»Wie ich erfahren habe, soll vor fünf oder sechs Jahren eine Stiftung die Regierung ausgetrickst und den Staudamm und das ganze Land darum herum inklusive des Sees und des Wassers darin aufgekauft haben. Das wurde mir zumindest erzählt, als ich wegen all der blauen Bälle herumgefragt habe.«

»Eine Stiftung?«

»Genaueres konnte mir niemand sagen.«

»Hört sich nach einem verschleierten Projekt an. Wahrscheinlich steckt das Kulturministerium selbst dahinter.«

»Nein, nein. Das haben alle ausgeschlossen.«

»Hm.«

»Man müsste wohl zum Staudamm hochfahren, um herauszufinden, was dort wirklich vor sich geht. Mir und Linda ist es jedoch zu weit. Wir, beziehungsweise vor allem ich, haben nicht mehr die jüngsten Beine.«

»Hm. Leider habe ich zurzeit bereits viel zu viel zu erledigen. Meine Nachforschungen komplettieren. Meinen alten Lehrer wiederfinden. Experimente durchführen.«

»War nur ein Gedanke, keine Aufforderung.«

»Vielleicht in ein paar Monaten, dann sollte ich wieder mehr freie Zeit haben.«

»Hm.«

»Es interessiert mich wirklich. Wenn ich all meine aktuellen Projekte abgeschlossen habe, dann nehme ich das Projekt ›alter Staudamm‹ in Angriff. Der Staudamm wird mir wohl kaum davonlaufen.«

»Wohl kaum. Bitte erzähl mir dann, was du herausgefunden hast.«

»Werde ich gerne machen. So, jetzt muss ich weiter.«

»Auf bald, Petra.«

»Auf Wiedersehen, Herr Hugenbühler. Tschau, Linda.«

»*Wuff. Wuff.*«

23 | Der Postbote erstattet Bericht

»Da sind Sie endlich. Schnell weiter. Der Kulturminister erwartet Sie schon.«

»Wo ist die Toilette?«

»Den Herrn Kulturminister finden Sie nicht auf der Toilette. Er ist in seinem Büro im 119. Stock.«

»Nein, die Toilette ist für mich. War eine lange Reise.«

»Das muss warten, der Herr Minister erwartet Sie.«

»Nein, das kann es nicht.«

»Doch, doch, es muss. Niemand lässt den Minister warten.«

»Dann darf ich mein Geschäft gleich hier bei Ihnen hinter der Theke erledigen?«

»Uh, nein. Sie ungehobelter Flegel.«

»Dann nochmals, wo ist hier bitte die Toilette?«

»Nehmen Sie den dritten Lift von links ins zweite Untergeschoss. Dann gehen Sie den grünen Gang entlang, der blaue ist für Damen.«

»Die Damen erledigen ihr Geschäft im blauen Gang?«

»Nein, sicher nicht. Was haben Sie nur für Ideen? Die Farbe ist der Wegweiser. Am Ende des grünen Ganges finden Sie drei Türen. Die Gästetoilette finden Sie hinter der mittleren.«

»O. K. Danke.«

»Moment, warten Sie. Sie brauchen diesen Schlüssel, ansonsten kommen Sie nicht rein.«

»Danke.«

»Und beeilen Sie sich bitte. Der Kulturminister hasst es, zu warten.«

»Jaja. Melden Sie mich einfach erst in fünf Minuten an. Dann denkt er, ich sei eben erst angekommen.«

»Das geht nicht. Er hat Sie, dank den Überwachungskameras, vor dem Eingang gemütlich ihr mechanisches Pferd anbinden sehen und mich sogleich angerufen, um Sie zur Eile zu drängen.«

»Hat er nichts Besseres zu tun, als die Überwachungsvideos live zu verfolgen?«

»Nicht so laut. Die Arbeit des Herrn Ministers stellt man nicht infrage.«

»Auf der Toilette hat es aber keine Kameras?«

»Natürlich hat es das, wo kämen wir denn hin? Aus Sicherheitsgründen wird in allen Regierungsgebäuden jeder Millimeter überwacht. Nun beeilen Sie sich doch endlich. Ihre Verspätung wird mir sonst noch prozentual vom Lohn abgezogen.«

»Schon gut. Schon gut. Nur keine Sorge. Ich gehe ja schon.«

»Ah, Postbote 735, wie hat Ihnen unsere Gästetoilette gefallen?«

»Es war eine lange Reise. Zudem habe ich einen Namen, Sie brauchen mich nicht mit meiner Personalnummer anzusprechen.«

»Ihr Name interessiert mich nicht. Konnten Sie den Auftrag erledigen?«

»Ja, ich habe den 13. Markt besucht, Informationen gesammelt und alles aufgezeichnet.«

»Sehr gut.«

»Ich verstehe nicht, warum ich die Daten nicht übers virtuelle Netzwerk übermitteln konnte, das wäre viel schneller und praktischer gewesen.«

»Das sind geheime Überwachungsdaten. Niemand darf wissen, dass wir uns für den 13. Markt interessieren. Vor allem nicht die Bewohner von Gans Anderswo. Die sollen ruhig weiterhin davon überzeugt sein, dass wir keine Augen und Ohren in ihrer Mitte haben, sondern nur ganz anderswo.«

»Ist das virtuelle Netzwerk nicht sicher vor Mithörern?«

»Natürlich nicht, alles kann dort überwacht werden. Wir überwachen alles. Jeden Klick. Jeden Laut. Jede Geste. Damit das möglich ist, mussten wir bei der Datensicherheit einige Kompromisse eingehen.«

»Jeden Klick?«

»Natürlich, das ist der Sinn des Netzwerks. Wir haben nicht umsonst so viel Zeit und Geld investiert, um unsere Technologie als die einzige im Markt durchzusetzen und ein Kommunikationsmonopol zu etablieren. Alle Konkurrenten konnten wir ausschalten. Alle. Wirklich alle. Haha. Nun wissen wir alles, was unsere Bürger tun und lassen. Oft sogar, bevor sie es selbst wissen.«

»Schauen Sie nicht so verdutzt. Jeder hätte die Möglichkeit, für läppische drei Lernkredits den Kurs über Datensicherheit im virtuellen Netzwerk zu absolvieren. Dort wird alles offengelegt. Doch keiner tut es. Unsere Bürger lernen lieber ein weiteres Kuchenrezept oder besuchen einen der tausenden Kurse zur optimalen Katzenpflege.«

»Hm.«

»Sie wissen, alles, das wir besprechen, ist streng vertraulich. Verstanden?«

»Jaja.«

»Nun beruhigen Sie sich wieder. Stehen Sie nicht so wackelig auf Ihren Beinen.«

»Sie wären auch etwas wackelig auf den Beinen, wenn Sie eine ganze Nacht durchgetanzt hätten und danach zwei Tage am Stück durchgeritten wären.«

»Soso, getanzt haben Sie, nicht gearbeitet.«

»Das Tanzen war rein dienstlich. Die 13. Märkte enden immer mit einem großen Straßenfest. Alles habe ich für Sie aufgezeichnet. Hier, der Datenchip.«

»Danke.«

»Hm. Sie sind aber kein sonderlich guter Tänzer.«

»Spaß hat es trotzdem gemacht.«

»Spaß bei der Arbeit?«

»Nun schauen Sie nicht so streng. Spaß bei der Arbeit ist ganz o. k. Habe ich auch. Jeden Tag.«

»Grmpf.«

»Hm. Es scheint dort wirklich einen Planetenalchemisten gegeben zu haben.«

»Mir wurde erzählt, er hätte sich aufgelöst. Was immer das auch bedeuten soll.«

»Jaja, ich habe das Video soeben in mein Gehirn hochgeladen und kenne nun jedes Detail. Wahrscheinlich ist er wirklich tot.«

»Wirklich?«

»Ja, unsere führenden Wissenschaftler haben mir diese Theorie letzthin vorgestellt. Es soll Leute geben, die der Natur für Hunderte von Jahren ein Schnippchen schlagen können. Und dann *puff*, und alles ist vorbei. Außer einem Häufchen Staub bleibt nichts zurück. Aber bis unsere Experten vor Ort eintrafen, war dieser jeweils längst vom Winde verweht. Daher konnte die Theorie noch nicht bewiesen werden. Doch das ist kein Problem.«

»Nein?«

»Nein. Wo ein Planetenalchemist ist, da sind meist auch einige Schüler zu finden. Und wenn er keine hatte, auch gut. Dann sind wir dieses Problem endlich los.«

»Was ist so gefährlich an der Planetenalchemie?«

»Braucht Sie nicht weiter zu kümmern. Sie wissen bereits mehr als genug. Wir haben eine weitere Agentin vor Ort, die die Spur weiterverfolgen wird. Sie haben uns Ihren Dienst erwiesen. Danke.«

»Das heißt, Sie lassen meine Mutter wieder frei? Und all ihre Spielschulden sind beglichen?«

»Sie haben nicht die Ergebnisse geliefert, welche wir erhofft hatten.«

»Ich habe getan, was ich konnte. Genau wie aufgetragen.«

»Hm.«

»Ich bitte Sie, lassen Sie sie frei.«

»Hm. Ein Postbote, der von klein auf träumte, Geheimagent zu werden, und so grandios durch die Prüfungen fiel wie kein anderer je zuvor. Hm, da konnte man von vornherein nicht viel erwarten. Und doch konnten wir dank Ihnen einiges lernen. Sogar eine Spur haben Sie uns geliefert.«

»Bitte.«

»Also gut. Wir werden Ihre Mutter freilassen und ihre Spielschulden aus dem System löschen.«

»Danke.«

»Doch vorher küssen Sie noch meinen linken Schuh.«

»Was?«

»Haha, kleiner Scherz. Dieser Gesichtsausdruck. Genau das, was ich sehen wollte. Ich liebe es, diese Angst, diesen Terror in den Gesichtern zu sehen. Nun fort. Gehen Sie. Ich habe heute noch einen großen Stapel wichtiger Arbeit zu erledigen.«

22 | Die Agentin kommt dem schwarzen Loch zu nahe

»Herr Petersen hat angerufen.«

»Wer ist Herr Petersen?«

»Er ist der Eigentümer des Brockenhauses.«

»Und?«

»Er meinte, das Teleskop sei ein Galilei-Fernrohr.«

»Was ist ein Galilei-Fernrohr?«

»Keine Ahnung. Spielt auch keine Rolle, es ist das einzige optische Teleskop, das er zurzeit im Angebot hat. Er meinte, sonst müssten wir es eben in einem der Raritätengeschäfte in der Hauptstadt versuchen.«

»Hm. Extra in die Hauptstadt fahren? ... Nein danke.«

»Aber viel wichtiger: Er ist bereit, über den Preis zu reden.«

»Super. Am besten bringen wir ihm ein paar Äpfel und Bananen mit, um ihn großzügig zu stimmen. Frische Früchte kann sich kaum mehr jemand leisten und etwas Abwechslung zum künstlichen Einheitsbrei tut jedem gut.«

»Aber nicht zu viele, nicht dass Freitag wieder wütend wird.«

»Dann nehmen wir etwas mehr Bananen.«

»Nein, das sind meine Bananen.«

»Luto, willst du das Fernrohr oder nicht?«

»O. K, o. k. Bringen wir ihm fünf Äpfel und fünf Bananen.«

»Guten Tag. Was suchen Sie hier?«

»Ich muss mit den Bewohnern dieser Wohnung sprechen.«

»Haben Sie bereits geklingelt?«

»Natürlich. Schon fünf Mal. Doch niemand öffnet die Türe. Das bestätigt den Verdacht.«

»Was für einen Verdacht?«

»Dass sie etwas zu verbergen haben.«

»Vielleicht sind sie außer Haus. Kommen Sie einfach später wieder.«

»Nein. Ich war schon vor zwei Tagen hier. Abgekanzelt haben sie mich. Meine Gedanken mit einem Papagei verwirrt.«

»Hä, mit einem was?«

»Einem Papagei. Ich sage Ihnen, da drin ist nicht alles geheuer.«

»Wer sind Sie?«

»Spielt keine Rolle.«

»Eine Spionin der Regierung?«

»Was habt ihr alle hier in Gans Anderswo für eine Paranoia? Die Regierung hat keine Spione. Ich bin eine freie Mitarbeiterin im Auftrag der Regierung. Hier, meine Karte.«

»Oh. O. K. Dann wünsche ich Ihnen noch einen schönen Tag.«

»Nein. Halt. Warten Sie.«

»Ich habe wirklich viel zu tun.«

»Wissen Sie, wer dieses Haus verwaltet?«

»Das ist mein Haus. Aber ich habe jetzt leider keine Zeit für Sie.«

»Können Sie mir diese Türe öffnen?«

»Nein, ich muss jetzt wirklich los.«

»Ich habe eine Ermächtigung der Regierung dabei. Öffnen Sie die Türe!«

»Kann das nicht warten, bis sie zurück sind? Erdea und Luto sind so nette und hilfsbereite Mieter.«

»Nein. Jetzt.«

»Aber ich muss wirklich noch viel erledigen. Das geht doch auch später?«

»Nein. Nun machen Sie schon.«

»Haben Sie gehört? Mein Telefon klingelt. Ich erwarte einen unheimlich wichtigen Anruf, den darf ich nicht verpassen.«

»Haha, ein guter Scherz. Jedes Kind weiß, dass das Telefon übers virtuelle Netzwerk läuft und man einfach eine holografische Nachricht hinterlassen kann. Zudem höre ich kein Klingeln. Nun öffnen Sie mir die Türe.«

»Warum wollen Sie so unbedingt da rein?«

»Ihre Mieter haben einen Brief erhalten. Diesen muss ich finden und dem Kulturministerium bringen.«

»Einen Brief? Wer verschickt denn heutzutage noch Briefe?«

»Eine gewisse Petra Phe hat diesen abgeschickt.«

»Eine Petra Phe?«

»Kennen Sie sie?«

»Nein, noch nie gehört. Hm … Nein, ich kenne keine Petra Phe.«

»Sie steht unter dem Verdacht, eine Verfechterin oder gar eine Expertin der Planetenalchemie zu sein. Was auch immer das sein soll. Spielt für mich keine Rolle. In jedem Fall ist das Ausüben der Planetenalchemie strengstens verboten. Wer dabei erwischt wird, muss mit dem Schlimmsten rechnen.«

»Hm …«

»Nun, öffnen Sie mir endlich diese Türe? Ich will nur den Brief, Ihre Mieter sind mir schnurzegal. Kein Teil des Auftrages. Ich werde mich auch beeilen, möglichst schnell wieder draußen zu sein, lange bevor Ihre Mieter zurückkommen. Sie brauchen nicht zu erfahren, dass ich in ihrer Wohnung war.«

»Na gut. Ich helfe Ihnen. Aber ich komme mit und schaue, dass Sie wirklich nur den Brief mitnehmen und nichts anderes stehlen.«

»Das ist nicht notwendig.«

»Ich bestehe darauf. Zudem finden wir den Brief zu zweit viel schneller als Sie alleine.«

»Na gut. Nun machen Sie schon. Öffnen Sie die Türe.«

»Vorgestern habe ich einen Brief dort auf dem Tisch liegen gesehen.«

»Sie waren bereits hier drinnen?«

»Ich habe von der Türe aus hineingeschaut, als ich freundlich um Einlass gebeten habe. Doch sie haben mich ausgetrickst und abgewimmelt.«

»Auf dem Tisch liegt kein Brief.«

»Aua. Verdammter Papagei.«

»Wirklich, ein Papagei. Wahnsinn. Wo sie ihn wohl herhaben? Ich dachte, die seien schon längst ausgestorben, wie leider die meisten anderen Vögel.«

»Wäre auch besser. Weg mit dir, du Mist-Ding.«

»Nicht so grantig. Er beschützt nur sein Revier. Komm her, du Süßer. Na, wie heißt du?«

»*Freitag.*«

»Was für ein blöder Name.«

»Lassen Sie den Papagei in Ruhe und suchen Sie Ihren Brief. Ich will so schnell wie möglich wieder draußen sein.«

»*Freitag. Apfel.*«

»Ich habe leider keinen Apfel für dich. ... Oh, da steht ja eine ganze Kiste voll.«

»*Freitag. Apfel.*«

»Hier, ein Schnitz für dich. ... Und einen für mich. ... Mm, fein, wirklich frisch. Wo Erdea und Luto wohl all die Äpfel herhaben?«

»*Freitag. Danke.*«

»Was für ein lieber Papagei du auch bist.«

»Haben Sie Ihren Brief endlich gefunden? Ich will wieder draußen sein, bevor sie zurückkommen.«

»Nein, hier ist er nirgends. ... Hm ... Was ist dort hinter dieser Türe?«

»Lassen Sie uns wieder gehen.«

»Nein. Öffnen Sie mir auch diese Türe.«

»Ach, lassen Sie es doch gut sein.«

»Nein. Wohin führt diese Türe?«

»Zum Untergeschoss.«

»Der Keller hat ein Untergeschoss? ... Sehr verdächtig. ... Ein perfektes Versteck. Öffnen.«

»Haben Sie versucht, die Türklinke hinunterzudrücken? Ich bin nicht Ihr Handlanger.«

»Tatsächlich. Sie ist nicht verschlossen. Na dann schauen wir mal, was Ihre Mieter dort unten zu verstecken haben.«

»Wow. Ist das ... Ist das ...«

»Ist das was?«

»Ein Planequarium.«

»Nein, nein. Das ist nur eine lustig bemalte Holzkiste. Ein Kunstprojekt. Die beiden Geschwister sind weltbekannte Künstler.«

»Ha! Sie täuschen sich. Ich weiß zwar nicht, was ein Planequarium eigentlich sein soll, doch die Beschreibung, die ich
während meiner Ausbildung erhalten habe, passt haargenau
auf dieses Dingsda auf dem Tisch.«

»Soso, nun hat es Ihnen die Sprache verschlagen. Ich hoffe
für Ihr Wohl, dass Sie nicht mit den beiden unter einer Decke
stecken.«

»Ha! Ich werde berühmt. In die Geschichte eingehen. Endlich
eine richtige, hochdekorierte Agentin der Regierung. Die Ret-
terin der bekannten Welt. Die Entdeckerin und Vernichterin
der hiesigen Zelle der Planetenalchemisten. Ganz Gans Anderswo wird für diesen Verrat bezahlen. Wenn nicht sogar
bis auf die Grundmauern niederbrennen. Recht würde es
euch geschehen. Ihr Verräter. Endlich wird die Regierung
auch in Gans Anderswo die Kontrolle übernehmen. Schluss
wird es sein mit euren Extrawürsten. Für immer!«

»Schauen Sie da, das Klebeband.«

»Wie? Was? Welches Klebeband?«

»Das kleine Stückchen dort. Sehen Sie, wie es in die Kiste
hineingezogen wird?«

»Hm, das ist komisch.«

»Drücken Sie mit Ihrem Daumen drauf.«

»Warum?«

»Nur dann wissen Sie, ob Sie wirklich ein Planequarium entdeckt haben und nicht doch nur eine lustig bemalte Holzkiste. Sie wollen vor Ihren Vorgesetzten Ihre Vermutung sicherlich beweisen können. Nicht, dass Sie nachher wie ein
begossener Pudel dastehen.«

»Und wenn ich mit meinem Daumen in die kleine Einbuchtung des Klebebandes drücke, dann habe ich den Beweis?«

»Ja, genau.«

»Woher wissen Sie das?«

»Vor vielen Jahren, als die angewandte Planetenalchemie noch nicht verboten war, habe ich davon gelesen. Das ist der Test. Drücken Sie dort, genau in der Mitte der kleinen Einbuchtung, mit Ihrem Daumen drauf und Sie werden den Beweis haben.«

»Davon habe ich in meiner Ausbildung nichts gehört.«

»Das ist klar. All diese Schriften wurden verboten, verbrannt und gelöscht. Das war lange vor Ihrer Zeit. Vertrauen Sie mir.«

»Hm.«

»Wirklich, ich will Ihnen doch nur helfen. Von Frau zu Frau. Wir Frauen müssen zusammenhalten und an einem Strang ziehen. Sie wollen doch dem Kulturminister einen unumstößlichen Beweis für Ihre Entdeckung liefern können.«

»Hm.«

»Ich bin weiterhin fest überzeugt, dass wir hier nur eine bemalte Holzkiste vor uns stehen haben.«

»Hm.«

»Der Herr Minister wird das Gleiche denken. Sie, eine junge, unerfahrene Agentin, haben das Meisterstück vollbracht, ein Planequarium zu entdecken – haha, dass ich nicht lache, wird er sagen, und Ihnen Ihre Gage streichen, wenn sie Sie nicht sogar vor die Türe setzen oder ins Gefängnis stecken.«

»O. K., o. k. Ich versuch es, was kann dabei schon schiefgehen?«

»Nichts.«

»In diese kleine Einbuchtung? Dort soll ich mit meinem Daumen hineindrücken?«

»Ja, genau. So fest, wie Sie können. Nur dann werden Sie wissen, ob es wirklich ein Planequarium ist.«

»O. K. ... Was zum ...? Mein Daumen ... Es zieht meinen Daumen hinein ... Helfen Sie mir ... Nein, Sie ... Hilfe ... Nicht

meine ganze Hand ... Ich brauch die noch ... Was haben Sie
mit mir gemacht? ... Oh nein, es zieht immer stärker ... Ich
kann nichts dagegen tun ... Mein Arm ... Oh nein ... Bis zum
Ellenbogen ... Er lässt sich nicht herausziehen ... Muss mit
dem Fuß dagegen stemmen ... Es zieht so sehr ... Ich kann
mich nicht befreien ... Immer weiter hinein ... Dafür werden
Sie büßen ... Sie verdammte Verräterin ... Ich werde Sie ...
Oh nein ... Oh nein, oh nein ... Hilfe! ... So helfen Sie mir
doch! ... Bitte, bitte, bitte! ... Ich sag auch niemandem etwas
... Mein aufrichtigstes Ehrenwort ... Bitte ... Hilfe! ... Bitte,
bitte ... Oh nein ... Nein, nein, nein, nein, nein ...
Aaaaaaaaaaaaaaaaaaaaaaaaaaaaaaaaaaahhhhhhhhhhhhhh!«

»Puh ... noch mal Glück gehabt. Nur darf ich niemandem etwas davon erzählen. Weder Petra noch Erdea noch Luto.
Auch warnen darf ich sie nicht. Hoffentlich entdecken sie
früh genug, dass ihr Planequarium defekt ist. Sonst ... Nicht
auszudenken, was alles geschehen kann. Aber Hauptsache,
Petra ist in Sicherheit. Allzu bald wird der Kulturminister
hoffentlich keine neuen Agenten zu uns rausschicken. ... Ich
will mir gar nicht vorstellen, was geschehen wäre, hätte sie
Petras Brief entdeckt. Was immer meine Enkelin auch geschrieben haben mag, die Regierung hätte das sicherlich
nicht zu ihren Gunsten interpretiert. ... Nein, das konnte ich
nicht zulassen. Petra ist mein Ein und Alles. Und ... sie wollte
ganz Gans Anderswo niederbrennen. Meine geliebte Heimat.
Nein. Nein. Das geht nicht. Und eigentlich ... war es ihre eigene Schuld. Wer ist denn so dumm und drückt mitten auf
ein Loch in einem Planequarium? ... Zu meiner Zeit wusste
jedes Kleinkind, dass sich mit größter Wahrscheinlichkeit
dahinter ein schwarzes Loch gebildet hat. Zudem ... Wer weiß
schon, was passiert, wenn man von einem schwarzen Loch
eingesaugt wird ... Gut möglich, dass sie es überlebt hat und
nun ganz anderswo einen Neustart wagen kann. Hm ... Nur
ihre Schuhe sind übriggeblieben. Die nehme ich mit. Entsorge sie im Müllschlucker. Noch schnell ein neues Stück
Klebeband übers Loch kleben und dann raus hier ... bevor
jemand kommt. Hm ... Was heute hier geschehen ist, soll
niemand erfahren. Mein dunkles Geheimnis.«

»Cool, dass er uns das Fernrohr sogar umsonst gab.«

»Er war so glücklich über die Äpfel und Bananen. Hat sich gefreut wie ein kleines Kind.«

»*Freitag.*«

»Oh, Freitag kann sprechen.«

»*Freitag. Besuch.*«

»Hallo, Freitag. Nein, wir sind kein Besuch, das ist unsere Wohnung. Auch dein Zuhause.«

»*Freitag. Besuch.*«

»Wie niedlich. Möchtest du ein Stückchen von einem Apfel?«

»*Freitag. Apfel.*«

»Ich bringe kurz das Fernrohr runter.«

»O. K. Hier, Freitag, dein Apfel. Das hast du gerne.«

»*Freitag. Danke.*«

»Oh, was für ein lieber Papagei.«

»Erdea, hast du das Klebeband ausgetauscht?«

»Welches Klebeband?«

»Das Klebeband am Planequarium. Ich dachte, ich hätte den Riss mit dem roten repariert. Jetzt klebt das grüne drauf.«

»Bist du dir sicher?«

»Hm. Nein, wahrscheinlich täusche ich mich. Wer soll schon dort unten gewesen sein? Außer uns beiden weiß zum Glück niemand etwas von unserem Experiment.«

21 | Der Riss im Planequarium

»Hast du das gesehen?«

»Was?«

»Das Klebeband ist verschwunden.«

»Hast du es abgenommen?«

»Nein, es ist durch den Riss verschwunden.«

»Luto, du scherzt.«

»Nein, wirklich. Es wurde durch den Riss ins Planequarium hineingezogen und ist dann in der Schwärze verschwunden.«

»Hm … Dann geht der Riss ganz durch. Das ist nicht gut.«

»Da, schau. Es passiert schon wieder.«

»Tatsächlich. Ich glaube, dein Wunsch nach einem schwarzen Loch hat sich erfüllt.«

»Testen wir es mit diesem Bleistift.«

»Halt ihn nicht mit deiner Hand hin.«

»Schwupp und er ist weg. Warum nicht?«

»Nicht dass es dich mit hineinzieht.«

»Dafür bin ich doch zu groß.«

»Der Riss ist höchstens ein Bruchteil von einem Millimeter breit und dennoch wurden das Klebeband und der Bleistift hindurchgesaugt.«

»Hm, vielleicht hast du recht. Ich gehe oben kurz unsere Grillzange holen.«

»So, schauen wir, ob es auch diesen blauen Ball hindurchziehen kann.«

»Haha.«

»Aua. Mist.«

»Pitschnass.«

»Damit habe ich nicht gerechnet.«

»Was sollte er denn sonst tun, außer zu zerplatzen?«

»Ganz hineingesaugt werden und vor allem kein komprimiertes Fass im Innern haben, das mir auf den Fuß fällt.«

»Es ist sogar ein kleines Weinfass.«

»Hoffentlich ist es wenigstens ein guter Jahrgang.«

»Wir könnten es aufbewahren und zum Tauschen verwenden. Wer weiß, was wir dafür kriegen könnten, wenn wir für fünf Bananen und Äpfel ein Teleskop erhalten haben.«

»Vielleicht ein Auto.«

»Mit dem dürften wir doch nicht fahren.«

»Dann eines dieser mechanischen Pferde. Das wäre cool.«

»Da wäre ich dabei.«

»Bei der nächsten Gelegenheit fragen wir den Postboten. Vielleicht hat er eines übrig oder tauscht seines. Er schaute aus, als ob er einen guten Schluck Wein vertragen könnte.«

»Ist er nicht abgereist?«

»Er wird wiederkommen. Wer einmal in Gans Anderswo war, will immer wieder hierher zurückkommen. Ist uns auch so gegangen. Und wenn er sein Pferd verkaufen würde, hätte er gleich einen Grund, zu bleiben.«

»Wir werden sehen. Weißt du was? Freitag hat ganz schön Glück gehabt, als er gegen das Glas pickte. Es hätte ihn auch hineinziehen können.«

»Wäre schade gewesen. Nächster Versuch. Wollen wir schauen, ob es diesen Stuhl hineinziehen kann?«

»Hol, wennschon, denjenigen, den du mit Klebeband repariert hast.«

»Nein, der ist ein Meisterwerk der Klebekunst.«

»Oder nimm den Mülleimer, dann müssen wir ihn nicht zum Leeren nach oben tragen.«

»Gute Idee.«

»Schwupp und weg. So cool.«

»Ob die Müllschlucker des Hauses ebenfalls in einem schwarzen Loch enden?«

»Glaube ich nicht. Irgendwo habe ich gelesen, dass der Müll in seine Atome zerlegt und wiederverwendet wird. Gut möglich, dass sich das hauseigene Reservoir mit den Wasseratomen aus dem Müll füllt.«

»Oder aus der Toilette.«

»Uh, hoffentlich nicht.«

»Sollen wir den Laser darauf richten?«

»Nein, ich denke, das wäre zu viel Energie auf einmal. Wir wollen es nicht zu sehr füttern, wer weiß, ob so ein schwarzes Loch wachsen kann. Nicht, dass es das von uns erschaffene Universum verschluckt. Wäre schade um all die Arbeit, die wir in unser Experiment investiert haben.«

»Testen wir es mit der Nachttischlampe.«

»Hm. Ich sehe nichts.«

»Hier, nimm das Teleskop.«

»Was soll ich damit? Den Strahl der Nachttischlampe fokussieren?«

»Nein, hindurchschauen. Vielleicht kannst du so mehr erkennen.«

»Spannend.«

»Kannst du etwas erkennen?«

»Das Licht formt einen Wirbel und verschwindet dann im Nichts. Wirklich erstaunlich. Hier, schau selbst.«

»Tatsächlich.«

»Ich gehe kurz oben das Buch von Dr. Phla holen. Vielleicht steht darin etwas über schwarze Löcher in Planequarien geschrieben.«

»Gute Idee.«

»Pass auf, das Fass.«

»Mist. Aua. Verdammt.«

»Nein.«

»Oh nein. Das Buch ist weg.«

»Musstest du unbedingt über das Fass stolpern?«

»Mist. Verdammt. Und das Buch musste natürlich genau in den Riss fliegen und von unserem kleinen schwarzen Loch eingesaugt werden.«

»Luto, einen größeren Pechvogel als dich gibt es wirklich nicht.«

»Was machen wir jetzt?«

»Du kannst nachspringen und das Buch wieder herausholen.«

»Sehr witzig. Einem schwarzen Loch lässt sich meines Wissens nichts entziehen. Zudem ist es mir da drin etwas zu dunkel.«

»Nimm eine Taschenlampe mit.«

»Haha.«

»Hm, hoffentlich finden wir einen Weg, um unser Planequarium wieder zu reparieren. Nicht, dass unser Experiment schon vorbei ist, bevor es richtig begonnen hat.«

»Ich versuche es mit zwei Stück Klebeband.«

»Und weg sind sie. Hier, vielleicht klappt es mit Silikon.«

»Wow, noch nie habe ich eine Tube Silikon so schnell aufgebraucht.«

»Ich versuch, das Loch mit dem Stuhl zu verstopfen.«

»Nein, Luto, nicht der Stuhl.«

»Und weg ist er. Haha.«

»Der war noch so gut wie neu.«

»Jetzt ist es, als ob er nie existiert hätte.«

»Hm, vielleicht sollten wir besser Hilfe holen.«

»Dr. Phla ist nur jedes dreizehnte Mal mit seinem Stand beim 13. Markt. Morgen ist erst der vierte.«

»Vielleicht kann uns jemand sagen, wo er wohnt oder wie wir ihn kontaktieren können. Irgendwer sollte das sicherlich wissen.«

»Komm, versuchen wir es noch mit der Glasplatte.«

»Welcher Glasplatte?«

»Dort hinten an der Wand steht eine, sie ist fast so groß wie diese Seite des Aquariums.«

»O. K.«

»Kannst du mir beim Tragen helfen? Sie ist schwerer, als sie aussieht. Nicht, dass sie mir aus den Händen fällt und zerbricht.«

»Klar, kein Problem.«

»Vorsichtig.«

»Vorsichtig.«

»Ganz langsam davorstellen.«

»Oh, hast du den Zug auch bemerkt?«

»Wir haben Glück gehabt. Es funktioniert. He, was versuchst du?«

»Ich will schauen, ob ich die Platte noch bewegen kann. ... Nein, sie ist fest. Das schwarze Loch muss sie richtig stark heranziehen. Doch glücklicherweise scheint es die Glasplatte nicht einsaugen zu können.«

»Wer weiß, wie lange?«

»Möglicherweise ist unbeschädigtes Glas stärker als die Anziehungskraft von schwarzen Löchern.«

»Hm, da wäre ich mir nicht so sicher. Halten wir es besser unter Beobachtung.«

»Und morgen besuchen wir den 13. Markt. Vielleicht finden wir jemanden, der uns weiterhelfen kann.«

»Danach könnten wir auch noch runter in die alte Bibliothek gehen. Allenfalls entdecken wir irgendwo ein weiteres Buch über die angewandte Planetenalchemie. Schließlich haben wir noch nicht alle Regale durchgeschaut. Das Buch von Dr. Phla wird hoffentlich nicht das einzige gewesen sein.«

20 | Knapp verpasst

»Fragen wir den Rabenhändler, er wird uns am ehesten weiterhelfen können.«

»Hallo, Rupert.«

»Kann ich euch für eine Schüssel schwarze Rabensuppe, garniert mit frischen Federn und schwarzen Augen, begeistern?«

»Nein danke. Vielleicht ein anders Mal. Wir suchen Dr. Phla. Wissen Sie, wo wir ihn finden können?«

»Habt ihr nicht gehört, der gute alte Dr. Phla hat sich vor ein paar Wochen aufgelöst.«

»Aufgelöst?«

»Genau. Wird wohl kaum je wiederkommen.«

»Wohin ist er gegangen?«

»Wer weiß das schon so genau? Fort von dieser Welt. Das Universum ist unergründlich. Weshalb sucht ihr ihn?«

»Wir wollten eines seiner alten Experimente durchführen. Durch ein kleines Missgeschick haben wir unsere Notizen verloren und wollten nun das eine oder andere Detail nochmals mit ihm besprechen.«

»Wo habt ihr sie verloren? Ich denke, ihr werdet eure Notizen eher wiederfinden als den guten alten Doktor.«

»Unsere Notizen haben sich leider sprichwörtlich aufgelöst.«

»Haha, scheint eine neue Mode zu werden.«

»Es ist wirklich wichtig. Wir müssen ihn finden.«

»Hm … Seid ihr die zwei mit dem Aquarium?«

»Woher wissen Sie das?«

»Kurz bevor er sich aufgelöst hat, hatte er etwas von zweien gemurmelt, die gegen seine Warnung ein Aquarium verwenden würden, und mir diesen Zettel gegeben.«

»Danke.«

»Keine Ursache. Ich drücke euch die Daumen für euer Experiment. Es wird schon gutgehen. Noch ist keine Welt wegen eines undichten Aquariums untergegangen.«

»Was steht auf dem Zettel?«

»Findet Petra. Sie ist eure einzige Hoffnung. Dr. Phla.‹«

»Welche Petra?«

»Keine Ahnung, gehen wir runter in die alte Bibliothek und schauen, ob wir dort irgendwo ein weiteres Buch über die angewandte Planetenalchemie finden können.«

»O. K.«

»Petra, bist du das?«

»Hallo, Herr Rabe, ja, ich bin es.«

»Schön, dich wiederzusehen. Lange ist es her. Du kannst mich ruhig Rupert nennen.«

»Ich weiß, ich weiß, alte Gewohnheit. Ich kenne Sie schon seit jeher als der Herr Rabe.«

»Was führt dich zurück zu uns nach Gans Anderswo?«

»Meine Studien, und ich suche den guten alten Dr. Phla. Wissen Sie zufällig, wie ich ihn erreichen kann?«

»Er hat sich aufgelöst.«

»Dann ist das Gerücht wirklich wahr?«

»Ja, der gute alte Dr. Phla ist nicht mehr.«

»Oh, Mist.«

»Spannend.«

»Was ist spannend? Mist?«

»Nein, du bist heute bereits die Zweite, die mich nach dem Verbleib von Dr. Phla gefragt hat.«

»Wirklich? Wer hat sonst noch nach ihm gefragt?«

»Zwei.«

»Wie, zwei?«

»Ich denke, es waren zwei seiner Schüler oder Novizen. Sie hatten von einem alten Experiment gesprochen und davon, dass sie die Hilfe von Dr. Phla benötigen.«

»Hilfe für was?«

»Sie meinten, ihre Notizen hätten sich aufgelöst.«

»Dann haben sie das Buch von Dr. Phla!«

»Nicht mehr. Es hat sich scheinbar wie der Doktor aufgelöst.«

»Mist. Es war das letzte Exemplar.«

»Kurz bevor er sich aufgelöst hat, gab mir Dr. Phla einen Zettel für die beiden.«

»Einen Zettel? Warum?«

»Anscheinend haben sie gegen seinen Rat ein Aquarium verwendet. Mehr weiß ich auch nicht darüber.«

»Ein Aquarium? Mist! Was stand auf dem Zettel?«

»Weiß ich nicht, vertrauliche Botschaften sehe ich mir nicht an. Wo kämen wir denn hin? Wir sind hier nicht in der Hauptstadt. Vertrauen gilt hier noch etwas.«

»Wo kann ich sie finden?«

»Keine Ahnung. Aber ich habe sie schon öfters auf dem 13. Markt gesehen. Vielleicht kommen sie beim nächsten wieder.«

»So lange kann ich nicht warten. Ich muss sie wirklich finden. Die Zukunft der Menschheit, sogar des ganzen Universums könnte auf dem Spiel stehen.«

»Tut mir leid, Petra. Da kann ich dir leider nicht weiterhelfen.«

»Schade.«

»Willst du eine Schüssel meines neusten Gerichts probieren?«

»Was ist es?«

»Schwarze Rabensuppe, garniert mit frischen Federn und schwarzen Augen.«

»Mm. Hört sich spannend an, gib mir eine.«

»Hier. Geht aufs Haus. Schön, dich wieder zurück in Gans Anderswo zu haben.«

»Danke. Bin froh, wieder hier zu sein.«

19 | Der Postbote kehrt zurück

»Hallo, Udo, schön, Sie wiederzusehen.«

»Hallo, Margaretha, ist bei Ihnen im Gasthaus ›Zur roten Gans‹ noch ein Zimmer frei?«

»Ja, möchten Sie wieder das Gleiche wie beim letzten Mal?«

»Gerne, da hat es mir sehr gefallen.«

»Freut mich. Geht die Rechnung wieder ans Kulturministerium?«

»Nein, diesmal bin ich privat hier. Nach all dem Stress mit meinem letzten Auftrag habe ich all meine Überstunden eingelöst und drei Monate Ferien eingegeben.«

»Überstunden bei der Post?«

»Kaum zu glauben. Aber da wir nur sehr wenige Briefe auszutragen haben, ist bei uns alles äußerst ineffizient.«

»Das überrascht mich. Es sollte so doch umso leichter sein, den Überblick zu behalten.«

»Das würde man meinen. Aber nehmen Sie den Brief als Beispiel, den ich hier vor ein paar Wochen abgeliefert habe. Die Kundin hatte die Premiumoption mit holografischer Videoantwort gebucht. Nun, wie ich gehört habe, dauerte die Zustellung so lange, dass die Kundin, als man die holografische Videoantwort ausliefern wollte, in der Zwischenzeit umgezogen war. Natürlich ohne eine neue Adresse zu hinterlassen. Das heißt, der Chip mit dem Video kam wieder zurück und wurde gelöscht, damit man ihn wiederverwenden kann.«

»Warum wurde die Videonachricht nicht über das virtuelle Netzwerk versandt?«

»Die Kundin hatte ihre Netzwerk-ID nicht angegeben. Wahrscheinlich wollte sie nicht, dass man die Nachricht nachverfolgen kann. Warum sonst sollte man auch etwas per Post versenden?«

»Vielleicht aus Nostalgie.«

»Hm.«

»Oder um den freundlichen Herrn Postbote wiederzusehen.«

»Oh.«

»Die Röte steht Ihnen gut, Herr Postbote.«

»Danke.«

»Übrigens, wann findet der nächste 13. Markt statt?«

»Den letzten haben Sie knapp verpasst. Der war gestern. Der nächste ist erst in zwölf Tagen.«

»Das ist kein Problem, ich bleibe mindestens drei Wochen hier. Was kann man in Gans Anderswo sonst so unternehmen?«

»Einen Ausflug zur alten Aussichtsplattform auf dem Grünberg kann ich Ihnen wärmstens empfehlen. Von dort oben hat man eine wundervolle Aussicht über ganz Gans Anderswo. Vor allem am Abend ist es sehr schön, den Sonnenuntergang zu beobachten. Wir haben hier fast täglich ein wundervolles Abendrot.«

»Danke, das hört sich gemütlich an.«

»Ich kann Sie morgen gerne begleiten, Ihnen den Weg zeigen und uns ein kleines, feines Abendessen als Picknick einpacken. Sie sind diese Woche mein einziger Gast, so kann ich mir ausnahmsweise etwas mehr Zeit für Sie nehmen.«

»Das wäre schön. Um welche Zeit müssen wir los?«

»Die Rezeption ist bis um fünf Uhr nachmittags geöffnet. Danach können wir gerne los. Bis zur Aussichtsplattform haben wir zu Fuß gut drei Stunden, aber mit Ihrem mechanischen Pferd sollten wir es in weniger als einer schaffen.«

»Super. Dann bis morgen um fünf.«

»Bis morgen. Freue mich.«

18 | Exkursion zum Staudamm

»Hm.«

»Was, hm?«

»Wir waren nochmals den ganzen Tag in der alten, staubigen Bibliothek. Selbst hinter den Büchern haben wir gesucht, jeden Wälzer dreimal umgedreht, durchgeblättert, literweise aufgewirbelten Staub eingeatmet und gleichwohl keine weitere Schrift über die Planetenalchemie gefunden.«

»Nervt mich auch. Es scheint wirklich das letzte Buch über die angewandte Planetenalchemie gewesen zu sein.«

»Und im Netzwerk sind inzwischen selbst die Kurse über die Geschichte der Planetenalchemie nicht mehr zu finden.«

»Hm. Und unsere Schulabschlüsse?«

»Moment. Tatsächlich, wurden ebenfalls gelöscht.«

»Nein!«

»Doch, schau selbst.«

»Grrr.«

»Immerhin haben wir alle Lernkredits zurückerhalten. Hier, schau, im Logbuch steht: ›Durch einen Softwarefehler wurde beim letzten Update versehentlich Ihr Schulabschluss gelöscht. Zur Entschuldigung erhalten Sie Ihre ausgegebenen Lernkredits zurück. Absolvieren Sie doch einfach eine neue Ausbildung. Vielen Dank für Ihr Verständnis.‹«

»Hm ... Obwohl ... Das ist eigentlich keine schlechte Sache. Man hat nie ausgelernt. Zudem hat sich die Regierung damit ins eigene Fleisch geschnitten, denn wir können so viele weitere Kurse kostenlos besuchen. Zusätzliche Lernkredits sind sehr teuer.«

»Genau. Und außerdem hätten sie vor dem Löschen einfach schauen müssen, wer den Kurs absolviert hatte, und schon hätten sie eine weitere Verdächtigenliste für ihre Geheimagenten gehabt.«

»Zum Glück kamen sie nicht auf diese Idee.«

»In der Tat.«

»Übrigens, was meinst du, von was für einer Petra sprach wohl Dr. Phla in seiner Nachricht?«

»Keine Ahnung. Wie sollen wir jemanden finden, von dem wir nur den Vornamen kennen? … Und sollte sie eine Planetenalchemistin sein, wird sie kaum im virtuellen Telefonbuch des Netzwerks zu finden sein.«

»Vielleicht ist es dieselbe Petra, die uns den Brief per Post sandte.«

»Glaub ich kaum.«

»Oder die Enkelin von Gerda, sie heißt doch auch Petra.«

»Das wäre ein viel zu großer Zufall, um wahr zu sein.«

»Hm.«

»Ich geh kurz runter, schauen, was unser Planequarium macht.«

»Die zweite Glasscheibe hält. Der Riss wurde nicht mehr größer.«

»Sehr gut. Wollen wir morgen zur Abwechslung einen Ausflug machen?«

»Einen Ausflug? Wohin?«

»Zum alten Staudamm. Wenn wir uns anstrengen, sollten wir die Strecke mit dem Fahrrad in einem Tag schaffen. Dann sehen wir, ob der ganze Fluss mit blauen Bällen gefüllt ist.

Zudem können wir gleichzeitig unseren Kopf etwas lüften und kriegen neue Energie für unser Planequarium-Experiment.«

»Hört sich gut an. Das machen wir.«

»Aufstehen.«

»Was? Warum?«

»Los, Luto, raus aus den Federn. Ab aufs Fahrrad.«

»Nein, noch nicht, es ist so warm und kuschelig hier.«

»Bäh, das war gemein. Ich stehe ja schon auf.«

»Luto aufwecken, ein neuer Verwendungszweck für die blauen Bälle. Haha.«

»Grrr.«

»Aufwecken und Dusche in einem. Haha.«

»Grmpf.«

»Bist du bereit?«

»Ja, fahren wir los.«

»Super.«

»Luto, wollen wir hier unsere Mittagspause einlegen? Wir sind nun doch schon seit einigen Stunden unterwegs.«

»O. K., gute Idee. Langsam knurrt auch schon mein Magen.«

»Was hast du da?«

»Einen Zapfhahn.«

»Einen Zapfhahn?«

»Sieben davon waren im blauen Ball, mit dessen Wasser du mich geweckt hattest.«

»Was hast du damit vor? Hast du heimlich unser Weinfass mitgebracht?«

»Ich hatte vorhin eine Idee. Ich hol kurz unten am Fluss einen blauen Ball und zeige es dir.«

»So, statt die blauen Bälle immer zu zerstören, hat mich der Zapfhahn auf eine Idee gebracht. Wir stecken den Hahn wie bei einem Bierfass hinein und haben dann einen praktischen Wasserspender für unterwegs.«

»Falls es funktioniert.«

»Es funktioniert. Siehst du?«

»Cool.«

»Weiter geht's. Wenn wir zügig weiterfahren, sollten wir am frühen Abend beim Staudamm ankommen.«

»Erdea, siehst du all die Schilder?«

»Ja, komisch.«

»›Weitergehen verboten‹, ›Vorsicht vor dem Hund‹, ›Achtung, Tretminen‹, ›Achtung, Fallgruben‹ – fast wie in einem militärischen Sperrgebiet.«

»Oder bei Berts Geldspeicher.«

»Was?«

»Erinnerst du dich nicht mehr? Als wir das erste Mal in der alten Bibliothek waren, hast du in einer Ecke eine ganze Kiste von Comics über eine Ente entdeckt, die in ihrem Geldspeicher auf einem großen Haufen Gold saß und die Münzen polierte.«

»Ah, genau. Der arme Ronald, oder wie er auch immer hieß. Leider waren die meisten Comics schon fast zu Staub zerfallen.«

»War es nicht Bert?«

»Soweit ich mich erinnere, gehörten Bert der Geldspeicher und die Goldmünzen. Ronald war derjenige, der sie für ihn polieren musste.«

»Stimmt, ich erinnere mich wieder. Haha. Fahren wir weiter?«

»Natürlich, die Schilder werden wohl nur zur Abschreckung hier stehen.«

»Der alte Staudamm sollte gleich da vorne sein.«

»Hm, der Staudamm sieht überhaupt nicht alt aus.«

»Jemand muss ihn erst kürzlich instand gesetzt und wieder in Betrieb genommen haben.«

»Und der Wasserfall, von welchem der alte Mann mit dem süßen Hündchen sprach, fehlt komplett.«

»Siehst du dort oben? Nun wissen wir, wo die blauen Bälle herkommen. Sie fallen von dort oben aus der kleinen Röhre in das Flussbett.«

»Hm, das muss nichts heißen. Möglicherweise ist der ganze Stausee ein See voller blauer Bälle und die Röhre nur der Überlauf.«

»Wollen wir nachsehen?«

»Ja, aber wie kommen wir da hinauf? Der Staudamm ist hier mindestens dreißig Meter hoch.«

»He, ihr, was tut ihr hier? Dies ist ein Privatgelände. Zutritt verboten.«

»Ein Privatgelände?«

»Habt ihr das Schild nicht gesehen?«

»Die Warnschilder? Wir dachten, die seien ein Scherz.«

»Nein, nicht diese, haha, die hat einer unserer Praktikanten aufgestellt. Ab und zu muss man seinen Angestellten etwas Freiraum zur Verwirklichung eigener Ideen geben, das fördert die Motivation und die Arbeitsmoral im Team. Ich meine das Info-Schild der Stiftung.«

»Welcher Stiftung?«

»Der Staudamm, der Stausee, der Fluss und auch das Wasser gehören der Stiftung ›Die Zukunft der Kinder des Dr. Phla‹.«

»Was? Wie heißt die Stiftung?«

»›Die Zukunft der Kinder des Dr. Phla.‹«

»Dr. Phla hatte Kinder?«

»Keine Ahnung. Interessiert mich eigentlich auch nicht. Ich bin der Verwalter. Ich kümmere mich darum, dass alles exakt gemäß der Stiftungsurkunde umgesetzt wird. Bisher haben wir den Zeitplan perfekt eingehalten. Darauf bin ich äußerst stolz. Kanntet ihr etwa den hochgeschätzten Dr. Phla?«

»Wir hatten letzthin das Vergnügen, ihn zu treffen. Was ist der Zweck der Stiftung?«

»Das weiß keiner so genau. Spielt für mich auch keine Rolle. Aber wisst ihr was, kommt mit ins Stiftungshaus. Ich lade euch zum Abendessen ein.«

»Danke.«

»Kommt ihr aus Gans Anderswo?«

»Ja, warum?«

»Ihr könnt gerne in einem unserer Gästezimmer übernachten. Heute werdet ihr wohl kaum mehr die ganze Strecke zurückfahren wollen.«

»Danke, das ist sehr großzügig von Ihnen.«

»Gehen wir. Das Stiftungshaus ist gleich da vorne.«

»So, hat euch das Abendessen geschmeckt?«

»Danke, war ausgezeichnet.«

»So frische Zutaten.«

»Danke. Darüber sind wir besonders stolz. Ich bin übrigens der Antonio, wie heißt ihr?«

»Ich bin Erdea und das ist Luto.«

»Freut mich, euch kennenzulernen.«

»Uns ebenfalls. Stellen Sie die blauen Bälle her?«

»Ja, genau.«

»Warum?«

»Das weiß keiner so genau. Ist aber gemäß der Stiftungsurkunde die Hauptaufgabe der Stiftung. Es steht geschrieben: Stellt mindestens so viele mit komprimiertem Wasser gefüllte blaue Bälle her, bis die Höhle und der unterirdische See im Grünberg bis zur Decke aufgefüllt sind. Der Grünberg gehört übrigens auch der Stiftung.«

»Wie ist das möglich?«

»Was?«

»Dass euch der See, der Fluss, der Berg und sogar das Wasser gehört.«

»Dr. Phla hat der Stiftung ein großes Vermögen hinterlassen. Damit konnten wir alles kaufen. Die Regierung war natürlich nicht sehr erfreut. Aber bis sie herausgefunden hat, was wir alles gekauft haben, waren die Verträge schon unter Dach und Fach. Zu dem Zeitpunkt konnten selbst die Anwälte der Regierung nichts mehr daran ändern.«

»Und das alles in wenigen Wochen?«

»Nein, nein. Die Stiftung wurde bereits vor neun Jahren gegründet. Vor sechs Jahren schlossen wir die letzten Kaufverträge ab und ein Jahr später starteten wir mit der Produktion der blauen Bälle.«

»Komisch, wir haben Dr. Phla erst vor wenigen Wochen getroffen.«

»Hm, dann muss er die Stiftung vor seinem Tod gegründet und uns nichts davon gesagt haben. Ungewöhnlich, aber nicht unmöglich. Würde mich freuen, wenn ihr mich ihm vorstellen könntet.«

»Das wird leider nicht mehr möglich sein. Wie wir gehört haben, soll er sich letzthin aufgelöst haben und von uns gegangen sein.«

»Hm. Schade.«

»All das stört Sie nicht?«

»Nein, warum sollte es? Unser Lohn ist durch das Stiftungsvermögen auf Jahre hinaus gesichert. Der Job ist spannend. Solange wir den Plan einhalten, haben wir so viele Freiheiten wie sonst nirgends. Klar, vieles ergibt hier keinen Sinn, doch was spielt das für eine Rolle? Die meisten im virtuellen Netzwerk verfügbaren Jobs machen noch viel weniger Sinn. Hier können wir immerhin an der frischen Luft arbeiten, haben frisches Essen, nicht den künstlichen Einheitsbrei, den es sonst überall gibt, und das Wichtigste: Die Regierung lässt uns hier draußen in Ruhe.«

»Cool.«

»Wir suchen immer gute Leute. Wenn ihr eine neue Herausforderung sucht, meldet euch bei mir.«

»Werden wir uns merken. Zurzeit arbeiten wir an unserem eigenen Projekt, das wird uns noch eine Weile beschäftigen.«

»Cool.«

»Übrigens, warum hat es in den blauen Bällen allerlei Krimskrams?«

»Woher wisst ihr das? Habt ihr etwa einen unserer Bälle gestohlen?«

»Ähm ...«

»Haha, schaut nicht so bleich drein. Macht nichts, wir sind mit der Produktion weit voraus und werden schon bald die gewünschte Menge an Bällen weit überschritten haben. Verluste sind einkalkuliert. Und auch, wenn die Zielmenge erreicht ist, werden wir weiterproduzieren.«

»Warum?«

»Steht so in der Stiftungsurkunde geschrieben. Zudem ist mehr als genug Geld vorhanden, um noch viele, viele Jahre all unsere Löhne zu bezahlen.«

»Nun, wieso hat es all den Krimskrams in den Bällen?«

»Das war eine Idee unserer Praktikantin. Gemäß Stiftungsurkunde muss jeder Ball mit zehn Litern Wasser gefüllt werden. Die zehn Liter werden dafür natürlich komprimiert. Wir haben nach den Plänen von Dr. Phla unsere eigene Komprimierungsanlage konstruiert. Sie ist viel effizienter als alle auf dem Markt erhältlichen. Wenn ihr Zeit habt, kann ich euch morgen vor der Abreise gerne eine Tour geben.«

»Das wäre super. Aber woher kommt all der Krimskrams? Vor allem die Tiere und die frischen Früchte? Dafür bezahlt man auf dem freien Markt Höchstpreise.«

»Soso, ihr habt gleich mehrere unserer Bälle aufgeschnitten?«

»Ja. Der erste hat uns Neugierig gemacht.«

»Haha. Ihr habt recht, das hätte ich auch getan. Vieles kommt vom Grund des alten Stausees. Kaum zu glauben, was wir schon alles rausgefischt haben. Die frischen Früchte ernten wir. Die wachsen wild rund um den See, keine Ahnung, warum, sonst gedeihen sie nirgends mehr in freier Natur. Wir haben sogar unsere eigene kleine Gummibaumplantage.«

»Cool. Und die Tiere?«

»Das ist etwas skurril. Als wir den Staudamm sanierten, fanden wir im Fundament einen Stollen, der tief unter die Erde zu einem Lager voller gefrorener Tiere führte. Wie sich herausstellte, sind sie nicht vollständig tot; wenn man sie gefroren zusammen mit dem Wasser komprimiert und danach den Ball wieder aufschneidet, erwachen sie wieder zum Leben.«

»Was?«

»Das haben wir per Zufall entdeckt. Mein Assistent wollte unsere Praktikantin erschrecken. Zum Spaß hatte er eine gefrorene Katze mitkomprimiert und ihr den Ball für die Qualitätskontrolle zum Aufschneiden gegeben. Haha, ihr Gesicht hättet ihr sehen müssen, als da eine lebendige Katze heraussprang.«

»Zum Glück war es kein Tiger.«

»Haha. Der war gut. So, ich zeige euch jetzt euer Zimmer. Es hat getrennte Betten. Ich hoffe, das ist o. k.?«

»Das ist perfekt.«

»Hier ist euer Zimmer. Alles, was ihr braucht, vom Pyjama bis zur Zahnbürste, findet ihr im grünen Schrank. Die Schlosskombination ist 739512.«

»Danke.«

»Übrigens, Netzwerkanschluss haben wir keinen. Wir leben und arbeiten vollständig außerhalb des Einflusses und der Kontrolle der Regierung.«

»Kein Problem, wir kommen gut ohne Verbindung aus. Loggen uns selbst zu Hause nur hin und wieder im Netzwerk ein.«

»Sehr gut. Ich muss jetzt noch etwas arbeiten. Kontrollieren, ob alle ihr Tagespensum korrekt nach Plan erfüllt haben. Wir sehen uns morgen früh wieder für die Tour. Versprochen. Gute Nacht und schöne Träume.«

»Danke, gleichfalls.«

17 | Niemand zu Hause

»Hallo, Petra.«

»Hallo, Gerda.«

»Wie laufen deine Nachforschungen?«

»Schleppend. Dr. Phla scheint wirklich verstorben und die letzte Ausgabe seines Buches verloren zu sein.«

»Das ist aber schade.«

»Aber ich habe herausgefunden, dass Dr. Phla wirklich zwei Personen geholfen hat, eines seiner alten Experimente durchzuführen. Blöderweise habe ich sie knapp verpasst. Sie waren kurz vor mir bei Herrn Rabe. Er konnte mir leider nicht sagen, wo ich sie finden kann. Übrigens, hast du seine neuste Suppenkreation schon probiert?«

»Noch nicht. Diese Woche hatte ich leider keine Zeit, den 13. Markt zu besuchen.«

»Vorhin war ich kurz im Gasthaus ›Zur roten Gans‹. Ich habe gehört, dass der Postbote sich wieder in unserer Siedlung aufhält. Ich wollte ihn fragen, ob er mir sagen kann, bei wem er meinen Brief abgegeben hat. Leider war niemand da. Hat mich überrascht, zumindest Margaretha ist doch sonst immer in ihrem Gasthaus anzutreffen.«

»Der Postbote ist wieder zurück? Margaretha hat mir vor ein paar Tagen anvertraut, sollte er je wiederkommen, werde sie ihn auf einen romantischen Ausflug auf den Grünberg einladen. Wahrscheinlich war deshalb niemand da.«

»Wow, Margaretha, wirklich?«

»Schmetterlinge können in jedem Bauch zu fliegen beginnen, wenn einem der oder die Richtige über den Weg läuft. Ganz gleich, wie alt man ist. Ganz gleich, wann und wo man im

Leben steht. Auch dir, meine liebe Petra, wird es sicherlich auch einmal so ergehen.«

»Ach, hör auf. Zurzeit habe ich viel zu viel zu erledigen. Womöglich muss ich sogar die Welt vor dem Untergang retten. Daneben bleibt definitiv keine Zeit für romantische Gefühle.«

»Na, na, für Liebe bleibt immer Zeit. Zeit, um sie mit deinem oder deiner Liebsten zu verbringen. Du wirst sehen, deine Arbeit wird viel schneller, wie im Fluge erledigt sein, ganz ohne dass du wissen wirst, wie dir diese Leistung gelungen ist, nur damit du ab und an eine Pause einlegen kannst, dein Herz für einen Augenblick höherschlagen und dich von Kopf bis Fuß mit schönen Gedanken füllen kann.«

»Nein, dafür habe ich im Moment wirklich viel zu viel zu tun. Überhaupt, wie soll ich hier draußen jemanden Interessantes kennenlernen? Dating findet heutzutage nur noch im virtuellen Netzwerk statt und keinen scheint es zu kümmern, dass das Ganze durch die Regierung überwacht und gesteuert wird.«

»Margaretha hat ihren Postboten ganz altmodisch im normalen Alltag kennengelernt.«

»Naja, bis jemand jemals wieder einen Brief nach Gans Anderswo sendet, werden mir wohl längst graue Haare gewachsen sein.«

»Besser spät als nie. Oder du kannst es über mein Netzwerk-Konto versuchen. Deines hattest du, wie ich mich erinnere, vor langer Zeit gelöscht, nicht?«

»Ja, darum wollte ich auch den Postboten sehen. Ich hatte bei meinem Brief die Premiumoption gebucht. Um nicht auf dem Radar der Regierung zu erscheinen, musste ich leider, lange bevor ich die Empfangsbestätigung erhalten habe, wieder umziehen. Die Post ist heutzutage so schrecklich langsam und ineffizient.«

»Vielleicht wird sie dir hierher nachgesandt.«

»Das ist nicht möglich. Ich habe meine neue Adresse nicht hinterlegt. Das würde es den Regierungsagenten viel zu einfach machen, mich aufzuspüren. Als angehende Planetenalchemistin muss man dahingehend sehr vorsichtig sein.«

»Oh.«

»Und als ich heute Morgen das Postamt angerufen habe und darum bat, dass sie mir die Videonachricht der Empfangsbestätigung am Telefon abspielen, habe ich erfahren, dass sie sie einfach gelöscht haben, als niemand unter meiner alten Adresse zu finden war. So eine Schweinerei. Jetzt werde ich wohl nie erfahren, wer meinen Brief erhalten hat.«

»Hab etwas Geduld, der Empfänger wird sich sicherlich früher oder später bei dir melden.«

»Wenn er meinen Brief überhaupt geöffnet und gelesen hat.«

»Hm.«

»Wow, was war das? Das hat aber laut geknallt.«

»Scheint von unten aus deiner früheren Wohnung gekommen zu sein.«

»Gehen wir kurz läuten, vielleicht brauchen sie unsere Hilfe.«

»Wer wohnt in meiner alten Wohnung?«

»Erdea und Luto. Sie sind zweieiige Zwillinge. Beide sind sehr freundliche und zuvorkommende Mieter. Sie waren es, die mir geholfen haben, die Garage für dich zu entrümpeln.«

»Nett.«

»Hm ... Scheint niemand zu Hause zu sein.«

»Hoffentlich ist nichts Schlimmes passiert, so laut, wie das geknallt hat.«

»Wahrscheinlich hat nur ihr Papagei etwas umgestoßen.«

»Sie haben einen Papagei? Wo haben sie denn den her? Die sind doch extrem selten und beinahe unbezahlbar.«

»Vielleicht ist er ihnen zugeflogen. Wie ich neulich gesehen habe, halten sie auch zwei Wasserschildkröten in einem Goldfischglas. Erinnerst du dich an mein altes Goldfischglas? Das habe ich ihnen erst kürzlich geschenkt.«

»Wasserschildkröten?«

»Ja, ich dachte eigentlich, sie wollten Fische darin halten. Sie erzählten mir, dass sie sich überlegen, ein Aquarium anzuschaffen. Da dachte ich mir, schenk ihnen doch dein altes Goldfischglas, bei dir steht es ja doch nur in einer Ecke und füllt sich mit Staub.«

»Ein Papagei, Wasserschildkröten, ein Aquarium. Hm ... Sehr speziell ... Hm ... Könnte alles nur ein Zufall sein ... Aber ich denke, ich werde an einem anderen Tag wieder an ihrer Türe läuten und mich vorstellen. Es wäre kaum zu glauben, wenn die zwei, die ich in ganz Gans Anderswo gesucht habe, ausgerechnet hier, im gleichen Haus wie ich, sogar in meiner früheren Wohnung wohnen würden.«

»Siehst du, man kann überall neue, interessante Menschen kennenlernen. Nicht nur im virtuellen Netzwerk. Auch hier, direkt vor deiner Nase. Erdea und Luto sind meines Wissens sogar in deinem Alter.«

»Was willst du mir damit sagen?«

»Nichts. Nichts.«

16 | Die Besichtigungstour

»Das war eine spannende Besichtigungstour.«

»Wer hätte gedacht, dass zur Herstellung von blauen Gummibällen so viele Schritte notwendig sind?«

»Ihre Komprimierungsanlage für Gegenstände fand ich äußerst spannend.«

»So groß, wie sie ist, hätte darin sogar ein Mensch Platz.«

»Hoffentlich setzen sie deinen Vorschlag nicht um. Antonios neugieriger Blick hat mir überhaupt nicht gefallen, als du diese Idee aussprachst.«

»Ein schrecklicher Gedanke, in einen blauen Ball voller komprimiertem Wasser eingeschlossen zu sein. Mit Tieren machen sie das ja bereits.«

»Nachdem ich das Verfahren gesehen habe, tun mir die Tiere so richtig leid. Auch wenn sie sagen, die Tiere würden nichts spüren, da sie gefroren sind und erst mit dem Aufschneiden der Bälle zu neuem Leben erwachen. Woher wollen sie das so genau wissen? Wirklich garantieren und überprüfen können sie das sicherlich nicht.«

»Ich frag mich, wer überhaupt auf die Idee kam, tief unter dem Staudamm ein unterirdisches Lagerhaus voller gefrorener Tiere anzulegen. Dort drin müssen tausende sein. Alle bei lebendigem Leib eingefroren.«

»Schrecklich.«

»Die Vulkanisation der Bälle war hingegen faszinierend. Wusste gar nicht, dass man das so macht.«

»Ich auch nicht.«

»Einen Gummibaum hätte ich ganz gerne. War spannend zuzusehen, wie die Praktikantin den Baum aufgeschnitten und
den Saft abgezapft hat.«

»Und wie sie dabei mit dir geflirtet hat.«

»Wirklich? Ist mir gar nicht aufgefallen.«

»Nicht? Soll ich dir ihre Telefonnummer besorgen? Sie würde
sicherlich gerne mit dir ausgehen.«

»Das ist nicht nötig, Schwesterherz. Wenn ich wollte, könnte
ich das gut selbst. Und sie ist mir sowieso etwas zu jung.«

»Soso.«

»Deine Idee mit dem Zapfhahn hat Antonio ebenfalls sehr gefallen.«

»Und mir sein Vorschlag, dass wir diese doch auf dem Markt
verkaufen sollen, falls wir einmal etwas zusätzliches Geld
verdienen wollen. Bälle habe es mehr als genug. Wir sollen
uns einfach unten am Fluss bedienen.«

»Mich nervte die sich immer wiederholende Begründung, ›das
machen wir, weil es in der Stiftungsurkunde geschrieben
steht‹. Als ob Antonio und seine Mitarbeiter die Gründe für
ihre Handlungen überhaupt nicht interessieren würden.«

»Würden sie nicht all die individuellen Sachen machen, wie
die Warnschilder, das feine frische Essen, die eingeschlosse-
nen Gegenstände, könnte man meinen, sie wären alle nur
willenlose Roboter. Die Diener des Dr. Phla!«

»Hm, woher sollen wir wissen, dass die anderen Handlungen
wirklich individuellen Gedanken entspringen? Gut möglich,
dass in der Stiftungsurkunde steht, mach zusätzlich dies
und das, aber erzähle allen, dass das deine eigene Idee war.«

»Guter Punkt. Außer das Flirten der Praktikantin ...«

»Wäre auch nur eine Programmierzeile. ›Flirte mit Luto.‹«

»Hm ... Eine Fabrik voller Roboter, die blaue Bälle mit komprimiertem Inhalt herstellen und so womöglich die Übernahme der Weltherrschaft vorbereiten. Haha, was für ein spannender Gedanke.«

»Habt acht, die Roboter kommen.«

»Ne, ich denke, das waren auch nur Menschen wie du und ich, die einfach hier draußen die große Distanz zur Hauptstadt und die Unerreichbarkeit des langen Arms der Regierung zu schätzen gelernt haben.«

»Jedoch beginnen sie etwas zu sehr in ihrer eigenen Welt zu leben. Der eine oder andere Kontakt mit den Menschen außerhalb der Stiftung würde ihnen sicherlich nicht schaden.«

»Hast du dir die Pläne des Höhlensystems angeschaut?«

»Eindrücklich. Wusste gar nicht, dass der Untergrund von ganz Gans Anderswo von Höhlen und Stollen durchzogen ist. Bis hin zum unterirdischen See im Grünberg.«

»Außer dem unterirdischen See machte mir nichts davon einen natürlichen Eindruck.«

»Wer die wohl gegraben hat? Die Erbauer von Gans Anderswo? Eine lang vergessene, untergegangene Zivilisation?«

»Hast du es auch so verstanden, dass die unterste Höhle unserer Siedlung als Kanalisation dient?«

»Ja, und ich dachte immer, alle Abfälle werden in die Atome zertrennt und recycelt. Unser Abfallsystem und unsere Toiletten scheinen gar nicht so umweltfreundlich wie beworben zu sein.«

»Wahrscheinlich war es gut gemeint, aber dann, als es um die Umsetzung ging, haben sie die Höhlen entdeckt und gedacht, so geht es doch viel einfacher.«

»Erstaunt mich aber, dass niemand etwas davon zu wissen scheint. Für jeden Bewohner von Gans Anderswo, mit welchem ich bisher geredet habe, waren die Umweltfreundlichkeit und Unabhängigkeit der Siedlung zentrale Punkte, um sein Leben in Gans Anderswo zu verbringen.«

»Ein gut gehütetes Geheimnis der Erbauer.«

»Über all diese Jahrhunderte. Erstaunlich.«

»Vielleicht weiß deshalb niemand, wo die Zugänge zu den Technikräumen der Häuser sind. Falls es diese Räume überhaupt gibt.«

»Doch woher hat die Stiftung all die exakten Pläne her?«

»Wahrscheinlich standen sie, wie alle anderen Informationen und Instruktionen, so in der Stiftungsurkunde.«

»Dann käme alles von Dr. Phla. Ist mir sowieso ein Rätsel, woher er all das Geld hatte. Fluss, See und Berg kaufen, all die Löhne und Geräte auf Jahre hinaus im Voraus bezahlen, das muss ein gigantisches Vermögen benötigt haben.«

»Vielleicht hat er in seiner Jugend sein Taschengeld nicht für Süßigkeiten ausgegeben, sondern gut angelegt. Stimmen die Angaben und Erzählungen, wurde er über 700 Jahre alt. Keine Ahnung, wie er das geschafft hat, aber über so viele Jahre wäre bereits aus einem kleinen Startkapital ein beachtliches Vermögen geworden.«

»Fragen über Fragen. Wenn er die uns nur beantworten könnte ...«

»Wahrscheinlich hat er sich vor unserer Neugier gefürchtet und sich daher in Luft aufgelöst.«

»Haha. Gut möglich.«

15 | Die Agentin wird vermisst

»Pedro.«

»Ja, Herr Minister?«

»Bring mir den neusten Bericht der Agentin 375.«

»Den haben Sie längst erhalten.«

»Das ist nicht möglich. Der letzte, den ich habe, ist bereits drei Wochen alt.«

»Seitdem ist noch keine neue Meldung der Agentin 375 eingetroffen.«

»Was?«

»Ich gehe kurz nachschauen, ob heute etwas angekommen ist.«

»Nein, auch heute hat die Agentin 375 keinen neuen Bericht übermittelt.«

»Das kann nicht sein, der müsste schon seit Tagen vorliegen. Zuletzt hatte sie gemeldet, dass sie eine heiße Spur entdeckt hat. Leider nichts bezüglich was und wo. Diese freien Mitarbeiter haben immer Angst, dass wir einen unserer eigenen Agenten entsenden könnten, der ihnen die Provision wegschnappt.«

»Machen wir üblicherweise auch. Ist ein gutes Mittel, um die Kosten gering zu halten. War sogar Ihre eigene Idee.«

»Ja, ja, ich weiß. Hehe.«

»Wo ist sie stationiert?«

»Wir haben sie nach Gans Anderswo gesandt. Sie sollte die Spur des Briefes von Petra Phe weiterverfolgen und Petra aufspüren. Diese Wichtigtuer bei der Post haben es bevorzugt, die holografische Videoantwort des Empfängers zu löschen, statt an uns weiterzuleiten. Aus Datenschutzgründen, wie sie sagten. Immerhin konnten wir eine Adresse aus dem Quellcode der Daten rekonstruieren und somit der Agentin einen ersten Anhaltspunkt geben.«

»Ich gehe kurz nachschauen, ob etwas Neues aus Gans Anderswo angekommen ist.«

»Nur der Bericht des Postboten. Hier.«

»Den kannst du behalten, den kenne ich längst.«

»Hm, ob sie erwischt wurde?«

»Wie viele Agenten ohne laufenden Auftrag stehen uns zurzeit zur Verfügung?«

»Sieben, jedoch weilen alle in den Ferien, das heißt, wir müssten ihnen die verlorenen Ferientage dreifach vergüten, falls wir sie aufbieten.«

»Nein, das machen wir nicht. Viel zu teuer.«

»Sonst arbeiten alle Agenten an einem Auftrag.«

»Wirklich alle?«

»Ja, alle anderen 78 914 Agenten sind mitten in einer Mission. Die meisten führen Überwachungs-, Datensammlungs- und Spionageaufgaben im Netzwerk aus.«

»Hatten wir Anfang des Jahres nicht 83 500 Agenten?«

»4 578 Agenten, beziehungsweise, wenn man die Agentin 375 dazuzählt, 4 579 Agenten sind seit Jahresbeginn verschollen oder im Dienst verstorben.«

»So viele?«

»12 027 Agenten hatten sich während ihrer Arbeit im Netzwerk mit dem sogenannten Kuhmistvirus der Anti-Virtuelle-

Realität-Bewegung ›Geh besser raus auf die Weide‹ angesteckt. Welches sowohl Computer als auch Menschen, die sich über einen infizierten Rechner mit dem Netzwerk verbinden, befallen kann. Inzwischen konnten glücklicherweise ein Gegenmittel und eine Impfung dagegen entwickelt werden, jedoch kam für 3 027 Agenten jede Hilfe zu spät.«

»Mist.«

»Tja.«

»Wurde die Mutter des Postboten bereits freigelassen?«

»Nein, die haben wir noch in Haft. Für alle Fälle, wie Sie sagten.«

»Gut, ruf das Postamt an und biete den Postboten 735 auf. Er soll so schnell wie möglich hier antraben.«

»O. K.«

»Herr Minister?«

»Ja, Pedro?«

»Ich habe eine schlechte Nachricht. Der Postbote 735 weilt leider ebenfalls in den Ferien. Für drei Monate. Mir wurde gesagt, er sei zurzeit im Gasthaus ›Zur roten Gans‹ in Gans Anderswo.«

»Hm.«

»Wie kann ich helfen?«

»Schreib ihm einen Super-Express-Brief. Sag ihm, seine Mutter hätte erneut die Schuldengrenze im Onlinecasino überschritten und wurde daher einen Tag nach ihrer Freilassung erneut inhaftiert. Gib ihm den Auftrag, die Agentin 375, oder was von ihr übrig ist, zu finden und hierher zurückzubringen, und wir erlassen seiner Mutter die Schulden aufs Neue.«

»Per Post?«

»Ja, per Super-Express-Post. Das kostet uns zwar ein kleines Vermögen, sollte aber trotz all der Ineffizienz des Postamtes in zwei, drei Tagen in Gans Anderswo eintreffen. Los jetzt. Jede Minute zählt.«

»Herr Minister?«

»Ja, Pedro?«

»Ich habe leider, leider eine weitere schlechte Nachricht.«

»Hat das Postamt bereits geschlossen?«

»Nein, nein, den Brief konnte ich wie gewünscht abschicken. Aber ...«

»Aber was? Sprich.«

»Die Mutter des Postboten 735 wurde unerwartet freigelassen.«

»Was?«

»Wegen Überbelegung des Gefängnisses. Der Wärter sagte, ihre Schuld sei im System als getilgt angezeigt worden und er habe die Zelle für drei neu eingetroffene Häftlinge gebraucht.«

»Sofort einfangen.«

»Geht nicht.«

»Was? Warum? Weshalb?«

»Wir haben keinen verfügbaren Agenten.«

»Scheiße.«

»Aua.«

»Bring den Briefbeschwerer wieder her.«

»Damit Sie ihn mir nochmals an den Kopf werfen können?«

»Nein ... Eklig. Nimm ihn wieder mit, es kleben noch Blut und Haare von deinem Hinterkopf dran. Bring ihn nach unten in die Reinigung. Nein, warte, wirf ihn in den Müll und bring mir einen neuen aus dem Schrank.«

»Hier.«

»Danke.«

»Bitte nicht mehr werfen.«

»Trotz allem Ärger, einmal pro Tag ist genug.«

»Was machen wir, seine Mutter betreffend?«

»Der Brief ist weg?«

»Der Brief ist weg.«

»Hoffen wir, dass der Postbote in Gans Anderswo beschäftigt ist und nicht mitbekommen hat, dass seine Mutter in der Zwischenzeit freigekommen ist.«

»Und ansonsten?«

»Hoffen wir, dass die Agentin 375 wiederauftaucht.«

»Eventuell könnte ich den Auftrag übernehmen und nach Gans Anderswo reisen.«

»Nein. Dich brauch ich hier.«

»Schade. Steht ein wichtiger Auftrag an?«

»Nein, aber jemandem muss ich meinen Briefbeschwerer nachwerfen können, wenn mich die ganze Inkompetenz, die mich hier auf allen Ebenen umgibt, wieder wütend macht. Und dich treffe ich inzwischen so gut.«

14 | Das frei schwebende Universum

»Warum ist Freitag so unruhig?«

»Hm, er guckt ganz verstört. Vielleicht hat ihn etwas erschreckt.«

»Wüsste nicht, was, er scheint nichts umgestoßen zu haben, alles ist an seinem Platz.«

»Hm.«

»Ich geh kurz runter, schauen, wie es unserem Planequarium geht.«

»Oh mein Gott.«

»Was ist –«

»Erdea, sieh nur, das Planequarium ist nicht mehr.«

»Hat sich das schwarze Loch alle Planeten einverleibt? – Oh mein Gott.«

»Ich kann das gar nicht in Worte fassen.«

»Ein über dem Tisch im Raum frei schwebendes Universum.«

»Wie konnte das passieren?«

»Keine Ahnung, Scherben sehe ich komischerweise nirgends herumliegen.«

»Das schwarze Loch muss alles aufgesaugt haben.«

»Es ist größer geworden.«

»Das ist nicht gut.«

»Sieht aber sehr spannend aus.«

»Erstaunlich, dass es nicht unkontrolliert expandiert.«

»Wir haben eben gute Arbeit geleistet.«

»Hm.«

»*Kra.*«

»Nein, Freitag, flieg wieder nach oben.«

»*Freitag. Kra.*«

»Nein, nicht direkt aufs schwarze Loch zu.«

»Ich kann nicht hinsehen.«

»Du kannst deine Augen wieder öffnen.«

»Ist er wieder nach oben geflogen?«

»Nein, direkt ins schwarze Loch und *puff*. Weg.«

»Armer Freitag.«

»Tja … Vielleicht lebt er nun in einer anderen Dimension.«

»Was sollen wir nur tun?«

»Wir könnten weitere blaue Bälle öffnen und hoffen, dass wir in einem einen zweiten Freitag finden. Aus dem schwarzen Loch wird er kaum zurückkommen.«

»Nein, ich meinte wegen unseres kaputten Planequariums.«

»Hm. Keine Ahnung. Vielleicht hatte Dr. Phla doch recht, als er davor warnte, ein Aquarium zu verwenden.«

»Nein, das ist alles nur wegen des Risses, der durch Freitags Pickangriff entstand.«

»Glasscheiben haben wir keine mehr. Wollen wir es mit einem Plastiksack versuchen?«

»Ein Universum mit einem Plastiksack einfangen? Nein, kann mir nicht vorstellen, dass das geht. Ich denke, es ist an der Zeit, dass wir den ominösen Brief öffnen.«

»Ja, die Zeit dafür scheint wirklich gekommen zu sein.«

»Vielleicht enthält er die gesuchten Antworten.«

»Oder noch mehr Fragen.«

»Erdea, willst du?«

»Will ich was?«

»Den Brief öffnen.«

»Kannst du das nicht selbst?«

»Ich dachte, du wolltest das.«

»Spielt für mich keine Rolle, wer ihn öffnet.«

»Du.«

»Nein, es hat geklingelt, ich gehe die Türe öffnen. Luto, öffne du den Brief.«

»Guten Tag.«

»Hallo, ich bin Petra Phe, eure neue Nachbarin.«

»Freut mich. Ich bin Erdea, das ist mein Bruder Luto.«

»Freut mich, euch –«

»Wir haben zurzeit leider keine Zeit, können wir später –«

»Warte, hast du uns diesen Brief gesandt?«

»Ja, vor Ewigkeiten. Der ging an euch?«

»Hier.«

»Was, das Couvert ist ja noch unversehrt! Warum habt ihr ihn nicht geöffnet? Seid ihr etwa Dr. Phlas neue Schüler?«

»Schüler? Nein, Dr. Phla hat uns nur bei einem Projekt beraten und sich leider vor kurzem aufgelöst.«

»Davon habe ich gehört. Bei was für einem Projekt hat er euch geholfen?«

»Das ist geheim.«

»Planetenalchemie?«

»Woher weißt du das? Bist du eine Spionin der Regierung?«

»Nein, nein, aber machen wir besser die Türe zu. Dann erzähle ich euch mehr.«

»Ich bin eine Studentin von Dr. Phla. Die letzten acht Jahre war ich für Nachforschungen unterwegs und bin kürzlich zurückgekehrt, um mit dem Experiment meine Studien in der angewandten Planetenalchemie zu vollenden.«

»Was für ein Experiment?«

»Ein kleines Universum erschaffen. Ursprünglich wollte ich dafür ein Aquarium verwenden, aber Dr. Phla hat mich im letzten Moment davon abgehalten und mich auf meine Reise geschickt.«

»Ähm.«

»Ihr habt das Experiment durchgeführt? Mit einem Aquarium? Ein echtes Planequarium erschaffen? Darf ich es sehen?«

»Ähm.«

»Bitte, ich würde es wirklich sehr gerne sehen. Ich werde es niemandem weitererzählen. Ich bin mir durchaus bewusst, wie streng verboten Planetenexperimente sind.«

»Es ist unten.«

»Luto!«

»Vielleicht kann sie uns helfen.«

»Wobei helfen?«

»Komm mit und sieh selbst.«

»Oh mein Gott.«

»Tja. Das war unser Planequarium.«

»Von eurem Aquarium ist nichts mehr übrig.«

»Ja.«

»Wie habt ihr es geschafft, dass das Universum so stabil bleibt und frei im Raum schwebt? Müsste es nicht unkontrolliert expandieren? Unsere ganze Welt zerstören?«

»Geh nicht näher ran. Oben rechts hat es ein schwarzes Loch. Es hat schon unseren Papagei und Dr. Phlas Buch eingesaugt.«

»Ihr hattet wirklich einen Papagei? Ich dachte, meine gute alte Großmutter beliebt zu scherzen.«

»Er hieß Freitag. Wir hatten ihn in einem blauen Ball gefunden.«

»Ein Papagei in einem blauen Ball?«

»Erklären wir dir später. Weißt du, wie man das Planequarium reparieren kann?«

»Nein. Ihr hättet wirklich auf Dr. Phla hören und kein Aquarium verwenden sollen. Das ist nur etwas für absolute Experten der Planetenalchemie. Viel zu viel kann dabei schiefgehen. Selbst ein Goldfischglas wäre besser gewesen.«

»Oben haben wir ein Goldfischglas. Ich geh es kurz holen.«

»Hier.«

»Was soll ich damit?«

»Das Universum damit einfangen. Du sagtest, du seist eine Studentin von Dr. Phla und somit sicherlich eine Expertin der Planetenalchemie.«

»Dadrin leben bereits zwei Wasserschildkröten.«

»Jetzt nicht mehr.«

»Spannend, das schwarze Loch saugt wirklich alles auf, das in seine Nähe kommt.«

»Leg los.«

»Womit?«

»Die Planeten mit dem Goldfischglas einzufangen.«

»Das wird kaum gehen.«

»Du sagtest vorhin selbst, ein Goldfischglas wäre besser geeignet gewesen.«

»Ja, um darin das Experiment zu starten. Seht ihr denn nicht? Euer Universum nimmt bereits zehnmal mehr Raum ein als das Goldfischglas Platz bietet.«

»Könnte man das Universum komprimieren?«

»Keine Ahnung.«

»Für eine Expertin weißt du nicht gerade viel.«

»Ich habe noch nie zuvor ein echtes, künstlich geschaffenes Universum gesehen.«

»Dr. Phla hat dir nie eines im Unterricht vorgeführt?«

»Nein, er hat mir auch nicht gezeigt, wie man die verschiedenen Pülverchen für das Experiment mixt. Er meinte, ich sei noch nicht bereit. So hatte ich ihm für mein Experiment ein Fläschchen aus seinem Schrank stibitzt. Doch dann hat er mich im letzten Moment erwischt, von meinem Experiment abgehalten und auf meine große Studienreise geschickt.«

»Du hattest nur ein Pulver?«

»Hattet ihr mehrere?«

»Er gab uns zwei, das Planetenpulver sowie eine Phiole mit Erdensamen.«

»Erdensamen?«

»Ja, warum?«

»Wow, wenn die Gerüchte stimmen, könnte somit auf einigen eurer Planeten intelligentes Leben entstehen.«

»Cool. Wirklich?«

»Auf meiner Reise habe ich in einem verlassenen Kloster ein altes Notizbuch gefunden. Leider hat sich beim Durchblättern fast jede Seite in Staub aufgelöst. Doch das wenige, das ich entziffern konnte, besagte, dass nach einer alten Sage alles Leben in unserem Universum durch das heilige Pulver einer Phiole mit Erdensamen entstanden sei. Die Erdensamen sollen somit der Ursprung alles Lebens sein. Auch von unserem Leben.«

»Somit stellt sich die große Frage: Wer hat die Samen des Lebens ursprünglich hergestellt und in unser Universum gestreut?«

»Nun, diese hier habt ihr gestreut. Die ursprünglichen? Keine Ahnung.«

»Außer alles wäre ein durch das Schicksal vorbestimmter Kreislauf und wir hätten mit unserem Experiment selbst alles Leben erschaffen. Unser eigenes eingeschlossen.«

»Was?«

»Die Geschichte würde sich sozusagen unendlich oft wiederholen. Wir würden immer von neuem das Leben erschaffen, bis wir einmal, in ferner, ferner Zukunft, auf Dr. Phla hören und kein Aquarium für unser Experiment verwenden. Dann und nur dann endet der Kreislauf und das ganze Universum verfällt in Chaos. Das Verpassen des Zeitpunktes der Wiedergeburt, des Neustartes des Kreislaufes, führt zu einem Widerspruch im Gefüge des großen Ganzen und alles, wirklich alles löst sich auf. Verschwindet im Nichts. Als ob wir niemals gelebt hätten. Als ob es niemals Planeten, niemals Sterne und niemals das Leben gegeben hätte. Alles wäre einfach nur noch ein großes, schwarzes Nichts.«

»Wow, daran glaubt ihr?«

»Nein. Aber ist doch eine spannende Theorie.«

»Hm, für einen Moment war ich nah dran, dir zu glauben. Irgendwie hätte es einen Sinn ergeben. Eure Verwendung des Aquariums wäre nicht mehr ein großer Fehler gewesen, den wir jetzt ausbaden müssen.«

146

»Nicht ausbaden; improvisieren, reparieren, das Universum einfangen und bändigen. Jetzt gleich mit diesem Goldfischglas. Hoppla.«

»Das schwarze Loch war stärker und hat dein Goldfischglas eingefangen.«

»Ein schwarzes Loch in einem Goldfischglas wäre cool gewesen.«

»Haha. In der Tat.«

»Wie ist das schwarze Loch überhaupt entstanden? Normalerweise sollte es keines geben.«

»Unser Papagei hat mit seinem Schnabel gegen das Glas des Planequarium gepickt. Dadurch entstand ein Riss. Ein paar Tage später entdeckten wir, dass sich hinter dem Riss ein schwarzes Loch gebildet hatte. Danach haben wir das Ganze mit einer zweiten Glasscheibe abgedichtet. Anfänglich schien es zu halten. Vorhin, kurz bevor du geklingelt hast, haben wir überrascht festgestellt, dass vom Aquarium nichts mehr übrig ist.«

»Dann war das also der Knall, den ich gestern gehört habe, als ich mich auf dem Flur mit Gerda unterhalten habe. Wir wollten bei euch nachfragen, was passiert ist und ob ihr Hilfe benötigt, aber es war niemand zu Hause.«

»Wir waren beim alten Staudamm.«

»Da wollte ich demnächst auch mal hin, lohnt sich der Weg?«

»Wenn du eine Gummiballfabrik besichtigen möchtest, sicherlich.«

»Eine was?«

»Eine Gummiballfabrik. Die blauen Bälle werden dort hergestellt.«

»Welche blauen Bälle? Die mit den Papageien drin? Ach, ihr müsst es mir gar nicht erst erzählen. Hier haben wir ein viel größeres Problem, das wir lösen müssen. Warum habt ihr auch nur ein Aquarium verwendet?«

»Schien der ideale Behälter zu sein. Und so vehement, wie Dr. Phla uns davon abgeraten hat, könnte man meinen, er hätte uns insgeheim sogar dazu auffordern wollen, ein Aquarium zu verwenden, um ein Planequarium zu erschaffen.«

»Hm.«

»Gelohnt hat es sich. Sieh nur, wie wundervoll es geworden ist. Unser eigenes, kleines, frei schwebendes Universum. Gefährlich und wunderschön.«

»Und nun haben wir das Geschenk.«

»Was kann schon passieren?«

»Keine Ahnung.«

»Hast du denn während deines Studiums bei Dr. Phla nichts gelernt?«

»Tatsächlich nichts, das in diesem Fall etwas helfen würde. Aber ich werde heute Abend nochmals all meine Notizen durchsehen, vielleicht habe ich etwas Entscheidendes vergessen oder überlesen. Bitte schaut, dass das schwarze Loch nicht noch mehr Sachen verschlingt. Nicht, dass es noch größer und stärker wird und den ganzen Planeten und uns mit dazu einsaugt.«

»Kann das wirklich passieren? Es ist so klein und niedlich.«

»Die Größe kann täuschen.«

»Klein, aber oho.«

»Genau. Ich hoffe, ich finde etwas, das uns helfen wird, euer Universum wieder einzufangen und zu bändigen. Bis morgen.«

»Bis morgen.«

13 | Der Postbote erhält Post

»Guten Tag.«

»Guten Tag. Wohnt der Postbote 735 in einem Ihrer Zimmer?«

»Darüber kann ich Ihnen leider keine Auskunft geben. Meine Gäste schätzen meine Diskretion. Aber vielleicht kann ich Ihnen anderweitig helfen. Warum suchen Sie ihn?«

»Ich habe für ihn einen Super-Express-Brief vom Kulturministerium.«

»Einen Super-Was?«

»Einen Super-Express-Brief.«

»Davon habe ich noch nie etwas gehört.«

»Wird auch nur in ganz seltenen Fällen gebucht. Ist äußerst teuer, dafür wird der Brief gewöhnlich innerhalb von zwei, drei Tagen zugestellt. Bei normal frankierten Briefen kann es zwei, drei Monate dauern, bis sie beim gewünschten Empfänger ankommen.«

»Oh.«

»Sehen Sie, dieser hier ist an den Postboten 735 adressiert, mit dem Vermerk, dass er sich zurzeit in Ihrem Gasthaus aufhält.«

»Briefe für Gäste können Sie bei mir abgeben.«

»Nein, ein Super-Express-Brief muss unter Abgabe einer DNA-Probe vom Empfänger persönlich entgegengenommen werden. Er ist nicht nur schnell, sondern bietet auch höchste Sicherheit, dass der Empfänger wirklich der Empfänger ist.«

»Naja, eine Zustelldauer von zwei, drei Tagen würde ich jetzt nicht als schnell bezeichnen.«

»Schneller als alle anderen Versandarten.«

»Wenn ich über die Straße gehe und meinem Nachbarn einen Brief in den Briefkasten werfe, ist der bereits nach wenigen Minuten am Ziel angekommen.«

»Es ist die schnellste Versandart der Post. Zudem haben Sie bei Ihrem Verfahren keine absolute Sicherheit per DNA-Probe, dass er wirklich in den Händen des gewünschten Empfängers gelandet ist.«

»Dies, mein Herr, haben Sie auch mit einer DNA-Probe nicht.«

»Doch, doch, natürlich, die lässt sich nicht fälschen.«

»Aber Finger lassen sich abschneiden und schwups, schon kann ich Ihnen Ihre gewünschte DNA-Probe liefern.«

»Sie haben meinem Kollegen Udo einen Finger abgeschnitten? Was wollen Sie? Lösegeld?«

»Nein, nein. Keine Angst, der Herr. Der gute Udo hat noch alle seine Finger und erfreut sich bester Gesundheit. Ich geh ihn gleich rufen.«

»Puh. Danke.«

»Hallo, Kurt.«

»Hallo, Udo, ich habe Post für dich.«

»Post? Hier? Für mich?«

»Ja.«

»Hm, muss wohl von meiner Mutter sein. Ich hoffe, sie ist gut nach Hause gekommen und erholt sich von ihrem Gefängnisaufenthalt.«

»Nein, der Brief ist vom Kulturministerium.«

»Vom Kulturministerium?«

»Ja.«

»Was wollen die schon wieder?«

»Keine Ahnung. Es ist ein Super-Express-Brief, das heißt, ich benötige eine DNA-Probe von dir.«

»Danke ... Sehr gut, du bist du.«

»Wer sollte ich sonst sein? Der Weihnachtsmann?«

»Du kennst das Prozedere. Alles muss nach Vorschrift laufen, vor allem, wenn man Post der Regierung austragen muss. Hier, dein Brief.«

»Danke.«

»Und Grüße von deiner Mutter, sie schaute gestern im Postamt vorbei. Es geht ihr gut. Sie erklärte, dass sie in nächster Zeit ihrer Wohnung und dem virtuellen Netzwerk fernbleiben werde. Man wisse nie, was der Regierung sonst noch alles einfallen könnte.«

»Hat sie eine Bleibe?«

»Ja, aber sie meinte, es ist besser, wenn du nicht weißt, wo sie ist. Zumindest, bis sich alles wieder etwas beruhigt hat.«

»Aber sie ist in Sicherheit?«

»Ja und außerhalb der Reichweite der Regierung.«

»Sehr gut, das freut mich. Danke.«

»Wirst du den Brief nicht öffnen?«

»Nein, der kommt direkt in den Mülleimer.«

»Guter Wurf.«

»Jetzt, wo ich weiß, dass meine Mutter wieder frei ist, kann mich der Kulturminister nicht mehr erpressen. Mich nicht mehr seine Drecksarbeit machen lassen. Soll er doch seinen Arsch aus seinem goldenen Sessel schwingen und seine Arbeit selbst erledigen.«

»Du hast recht. Behalt es aber in Zukunft besser für dich. Man weiß nie, wer alles ein Spitzel der Regierung ist.«

»Du arbeitest für die Regierung?«

»Nein, nein, wo käme ich denn hin?«

»Willst du ein Geheimnis wissen?«

»Ja.«

»Ich habe Kontakt zur Gruppierung ›Geh besser raus auf die Weide‹. Wenn der Kulturminister dich wieder einmal bedrängt und versucht, dich zu Handlungen zu zwingen, die dir nicht gefallen, gib mir Bescheid. Vielleicht werden wir dir helfen können.«

»Hm.«

»Was, hm?«

»Willst du nicht den Brief vom Minister mitnehmen und deinen Freunden geben? Möglicherweise können sie damit mehr anfangen als der Mülleimer.«

»Gute Idee.«

»Hier.«

»Danke.«

»Komm, gehen wir zusammen ein Bier trinken, bevor du wieder zurück in die Hauptstadt reiten musst.«

»Gerne.«

12 | Die Bändigung des Universums – Erster Versuch

»Wie hat dir Petra gefallen?«

»Ihr herzliches Lachen, als ich die Tür geöffnet habe, hat mich für einen Moment alle Sorgen der Welt vergessen lassen.«

»Oh.«

»Und dir? Was hat dir an ihr gefallen?«

»Ihr Hintern ... Sie hat ein wundervoll gerundetes, knackiges Hinterteil.«

»Oh ja. Und ihre Lippen ... zum Reinbeißen.«

»Erdea, du stehst auch auf Frauen?«

»Ist dir das bisher noch nicht aufgefallen, Bruderherz?«

»Wir könnten sie zusammen teilen, nach geraden und ungeraden Tagen.«

»Haha, nicht unsere Entscheidung, Luto. Erst muss sie auch dich, mich oder sogar uns beide mögen.«

»Laden wir sie doch zur großen Tanzparty auf dem nächsten 13. Markt ein, bis dahin haben wir unser kleines Planequarium-Problem sicherlich mit Bravour gelöst.«

»Gute Idee.«

»Luto, mach du die Türe auf, ich muss mir erst kurz etwas kaltes Wasser ins Gesicht spritzen.«

»Hallo, Petra.«

»Hallo.«

»Komm rein.«

»Danke.«

»Hast du etwas entdeckt, das uns helfen könnte?«

»Zwei Möglichkeiten.«

»Cool.«

»Die eine ist eine Prophezeiung, könnte aber auch Propaganda der Regierung sein. Darin steht geschrieben, dass wenn die Sonne rot und die Berge grün sind, der Doktor sich aufgelöst hat und die Flüsse voller blauer Bälle sind, zwei Geschwister das Experiment in einem Aquarium durchführen und damit das ganze Universum zerstören werden.«

»Haha, guter Scherz.«

»Nein, schau selbst, das steht wirklich eins zu eins auf diesem Stück altem Regierungspapier geschrieben.«

»Gute Fälschung, hast du lange dafür gebraucht?«

»Keine zehn Minuten.«

»Und das andere?«

»Hier, ich kann es leider nicht entziffern. Kennst du diese Sprache?«

»Nein, leider nicht. Erdea, hast du schon einmal etwas Ähnliches gesehen?«

»Nein, aber eventuell kann uns Margaretha vom Gasthaus ›Zur roten Gans‹ weiterhelfen. Sie hat mir letzthin erzählt, dass sie sich für alte Schriften interessiert und diese in ihrer Freizeit studiert.«

»Cool.«

»Ich werde gleich mit dem Zettel zu ihr rübergehen und schauen, ob sie die Zeichen entziffern kann. Petra, du kannst mit Luto runtergehen. Vielleicht findet ihr in der Zwischenzeit eine andere Lösung.«

»Das machen wir. Bis später.«

»Bis später.«

»Warum hast du all das Klebeband mitgebracht?«

»Ich habe eine Idee. Eigentlich lässt sich alles mit Klebeband reparieren, warum also nicht auch unser geborstenes Planequarium?«

»Hm, glaube ich nicht, dass das funktionieren wird. Von den Glasscheiben ist nichts mehr übrig, das man noch zusammenkleben könnte.«

»Von den Glasscheiben nicht, aber die Planeten sind noch da.«

»Du willst die Planeten zusammenkleben? Das kann nur schiefgehen.«

»Nicht alle, nur die äußersten, und dann will ich das als Basis für einen Klebebandkäfig verwenden, der das ganze Universum sicher umschließt.«

»Überzeugt mich nicht.«

»Hast du eine bessere Idee?«

»Noch nicht, aber mir wird sicherlich noch etwas einfallen.«

»Dann testen wir in der Zwischenzeit meine. Etwas wagen und versuchen ist besser, als nur rumzusitzen.«

»Ich sitze nicht nur rum.«

»Nein, natürlich nicht, dazu fehlen hier unten die Stühle. Hm, wir hatten doch nur einen dem schwarzen Loch gefüttert. Wo die anderen wohl hingekommen sind?«

»Ihr habt das schwarze Loch gefüttert?«

»Nur zu Beginn, als wir den Riss entdeckt haben. Wir wollten testen, was und wie stark es ist. Die Stühle muss es über Nacht selbst angezogen und verschluckt haben.«

»Das ist nicht gut. Dir ist schon bewusst, dass es desto größer und stärker wird, je mehr Materie es verschluckt hat?«

»Hm, ja, davon habe ich gehört. Aber ob das auch für künstlich geschaffene schwarze Löcher gilt?«

»Warum sollte es nicht?«

»Halten wir es unter Beobachtung.«

»Gute Idee. Habt ihr eine Überwachungskamera?«

»Wir hatten welche rund ums Planequarium installiert.«

»Gestern habe ich keine gesehen. Wie ich mich erinnere, sind
die fehlenden Stühle der einzige Unterschied zu gestern.«

»Wahrscheinlich hat die Explosion sie aus ihrer Halterung
gelöst und schwupp, waren sie im schwarzen Loch verschwunden.«

»Oder deine Schwester hat sie mit raufgenommen?«

»Das ist gut möglich. Fragen wir sie später. Zuerst testen wir
mein Klebeband.«

»Pass aber auf deine Hände auf.«

»Siehst du, ich konnte das Klebeband tatsächlich um diesen
Planeten wickeln.«

»Erstaunlich, ich hätte nie gedacht, dass man in ein Universum hineinfassen kann. Ihr habt ein Universum zum Anfassen geschaffen.«

»Ins Planequarium hätte ich auch nie mit bloßen Händen
hineingefasst, wenn ich ehrlich bin. Hier scheint alles etwas
weiter auseinander und weniger dicht zu sein. Im Planequarium war es zwischen den Planeten und Sternen pech-
schwarz, wie jetzt noch in der Mitte des Universums und dort
außen beim schwarzen Loch.«

»Du hast recht, die äußeren Bereiche sehen wirklich trans-
parenter aus als gestern. Scheint, als wäre euer Universum

weiterhin am Expandieren. Wie viel von dem Pulver habt ihr verwendet?«

»Alles, wie von Dr. Phla empfohlen.«

»Alles?«

»Ja, die ganze Flasche mit dem Planetenpulver und die ganze Phiole mit den Erdensamen.«

»Oh mein Gott, das war viel zu viel für so ein kleines Aquarium.«

»Er hatte uns selbst gesagt, wir sollen alles ins komprimierte Wasser gießen, gut umrühren, bis sich alles aufgelöst hat, und es dann mit dem Laser bestrahlen, um die Reaktion zu starten und unser eigenes kleines Universum zu erschaffen.«

»Ein Teelöffel voll hätte mehr als genügt.«

»Uns hat er gesagt, wir sollen alles verwenden. Vielleicht war es weniger konzentriert angemischt als das Pulver, das er dir gegeben hatte.«

»Er hat mir nie von seinem Pulver gegeben.«

»Stimmt, ich erinnere mich, du hattest es stibitzt. Was ist danach damit geschehen, als du das Experiment gestoppt hattest?«

»Ich habe es die Toilette hinuntergespült. Gans Anderswo hat dieses coole Entsorgungssystem, bei dem alles in die Atome aufgespaltet und wiederverwendet wird.«

»Die Toilette hinunterspülen, coole Idee. Beim Entsorgungssystem wäre ich mir nicht so sicher. Wir haben im Stiftungshaus beim alten Staudamm Pläne gesehen, die darauf schließen ließen, dass der ganze Müll und alles Abwasser einfach in eine riesige, unterirdische Höhle geleitet werden.«

»Nein, das kann nicht sein.«

»Keine Ahnung, die Pläne waren da, ob sie stimmen, wer weiß das schon?«

»Hm.«

»Ich werfe dir jetzt die Klebebandrolle rüber und dann wickelst du das Klebeband um den Planeten bei dir dort außen. O. K.?«

»O. K.«

»Pass auf. Nicht zu nah am schwarzen Loch vorbei.«

»Scheiße.«

»Haha, es hat deine Rolle verschluckt. Spannend, dass das Klebeband um den Planeten immer noch hält. Eine gute Qualität habt ihr eingekauft.«

»Das würde ich nicht anfassen.«

»Es hat sich richtig stark gespannt. Fast wie eine Saite von einem dieser alten Musikinstrumente.«

»Hm.«

»Wollen wir es nochmals versuchen?«

»Warte, beobachten wir erst den durch das Klebeband mit dem schwarzen Loch verbundenen Planeten. Bin gespannt, wie stark euer schwarzes Loch wirklich ist.«

»Der Planet scheint sich ganz langsam aus seiner Bahn zu bewegen.«

»Ein Kampf der Gravitationen. Unglaublich, dass das Klebeband das aushält.«

»Noch ein Stückchen und der Planet verlässt sein Sternensystem.«

»Das schwarze Loch hat großen Hunger.«

»Wir sollten ihm einen Namen geben.«

»Wem?«

»Dem schwarzen Loch.«

»Hast du einen Vorschlag?«

»Für den Namen? Wie wäre es mit ›kleiner Vielfraß‹? Da es alles auffisst, das ihm in die Quere kommt.«

»Gefällt mir.«

»Danke.«

»Luto, Kopf runter.«

»Danke, das war knapp.«

»Konntest du es sehen? Hat der kleine Vielfraß auch den Planeten gefressen?«

»Nein, ich hatte das Gefühl, als ob etwas über meinen Kopf hinweggeflogen wäre, als das Klebeband gerissen ist.«

»Schau dort, der Planet steckt in der Wand fest.«

»Den will ich mir näher ansehen.«

»Der ist aber schwer.«

»Was hast du denn erwartet? Es ist ein richtiger Planet im Kleinformat. Komprimiertes Wasser behält ja auch drei Viertel seines Gewichts.«

»Hoppla.«

»Ist er dir auf den Fuß gefallen?«

»Nein, glücklicherweise nicht. Aber ein Loch im Boden hat es gegeben.«

»Er ist durch den Boden hindurchgefallen?«

»Ja, leider. Darunter sollte es noch einen Raum geben, aber keine Ahnung, wie wir dahingelangen können.«

»Lassen wir es sein und überlegen wir uns für morgen etwas Neues, um unser Universum zu bändigen.«

»Ich glaube, Erdea ist zurück. Ich habe die Türe gehört.«

»Gehen wir wieder nach oben. Ich bin gespannt, was deine Schwester in der Zwischenzeit herausgefunden hat.«

»Erdea, konntet ihr den Text entziffern?«

»Ja, Margaretha konnte die Zeichen übersetzen. War ein großer Aufwand, sie kannte die Sprache nicht, aber die Zeichen ähnelten einer anderen alten Schrift, so haben wir dank Quervergleich die Wörter herausgefunden. Zufälligerweise kam der Postbote hinzu, der zurzeit im Gasthaus ›Zur roten Gans‹ in den Ferien weilt. Er kannte die Sprache und konnte sie für uns übersetzen. Hat mich ziemlich erstaunt und Margaretha hat glücklich gelächelt. Wäre er früher zu uns gestoßen, hätten wir uns viel Arbeit sparen können. Erstaunlicherweise gehört die Inschriftenkunde zur Ausbildung eines Postboten, damit sie auch die unleserlichsten Anschriften auf den Briefen entziffern können.«

»Cool. Was bedeutet der Text?«

»Keine Ahnung. Er ist sehr schräg. Hier.«

»Ich kann deine Schrift nicht lesen.«

»Du kannst nicht lesen?«

»Doch, du hast jedoch alles sehr klein und undeutlich zwischen die Zeilen gekritzelt, für mich kaum zu lesen. Da bräuchte ich ein Vergrößerungsglas.«

»Ich kann dir unser Teleskop bringen, falls das weiterhilft.«

»Was?«

»Das ist nicht nötig, Luto. Petra hat recht, ich kann meine Schrift selbst kaum mehr lesen. Haha. Am besten lese ich es euch so gut, wie es geht, vor: ›Nimm drei Bananen, das Pulver von zwei Ziegen und fünf Äpfeln, schaue, dass kein Papagei in der Nähe ist, und vermische es gründlich mit dem komprimierten Wasser eines blauen Balles, tue es in den blauen Ball, verschließe ihn, gut schütteln und *puff*, der Kuchen ist fertig.‹«

»Das ist nicht dein Ernst.«

»Doch, wir haben es fünfmal von neuem entziffert und übersetzt. Jedes Mal kamen wir auf exakt denselben Text.«

»Ein Kuchenrezept?«

»Ja, wie es scheint, war auf deinem Zettel das Rezept eines sehr schrägen Apfel-Bananen-Ziegen-Kuchens.«

»Oh mein Gott.«

»Tja.«

»Ich werde nochmals alle meine Notizen durchgehen, irgendetwas Brauchbares muss doch darunter zu finden sein. All die Jahre Arbeit und Forschung für nichts? Nein, das kann nicht sein.«

»O. K.«

»Bis morgen – auf einen neuen Versuch, das Universum zu bändigen.«

»Bis morgen.«

»Tschüss.«

»Und weg ist sie.«

»Habt ihr heute Nachmittag etwas herausgefunden?«

»Ja, meine Klebebandidee hat nicht funktioniert. Aber das grüne Klebeband hat sich als unglaublich stark herausgestellt.«

»Aha.«

»Übrigens, hast du unsere Überwachungskameras entfernt?«

»Nein.«

»Dann wurden diese ebenfalls vom kleinen Vielfraß verschluckt.«

»Wer ist der kleine Vielfraß?«

»Wir haben dem schwarzen Loch einen Namen gegeben. ›Kleiner Vielfraß‹ war Petras Idee.«

»Cool. Passend. Dann hattet ihr einen spannenden Nachmittag.«

»Ja, war nett.«

11 | Geh besser raus auf die Weide I

»Pedro?«

»Pedro?«

»Pedro?«

»Miranda?«

»Ja, Herr Minister.«

»Hol mir bitte Pedro.«

»Pedro ist zurzeit außer Haus.«

»Was? Warum?«

»Er sagte vorhin, er brauche etwas frische Luft und gehe kurz raus auf die Weide. Versteh ich nicht, wir haben hier im Kulturministerium die besten Luftfilter im ganzen Land. Draußen kann die Luft wohl kaum besser sein.«

»Wiederhol das nochmals.«

»Draußen kann die Luft wohl kaum besser sein.«

»Nein, das von Pedro.«

»Er sagte, er gehe kurz raus auf die Weide.«

»Scheiße.«

»Nein, nicht auf die Toilette, auf die Weide, oder ist die Weide ein modernes Synonym für Toilette?«

»Ruf mir bitte alle verfügbaren Agenten.«

»Die Agentenkoordination war eine von Pedros Aufgaben. Ich habe davon leider keine Ahnung.«

»Mist. Geh zu seinem Computer und schau, ob du dich einloggen kannst.«

»Hm.«

»Hat es geklappt?«

»Ganz komisch, auf seinem Bildschirm wandert so ein vierbeiniges Wesen auf einem grünen Hintergrund umher, macht *Muh*, hebt seinen Schwanz und hinterlässt braune Kuchen.«

»Das ist eine Kuh.«

»Eine Kuh?«

»Ein Weidetier aus früheren Zeiten. Wenn du es genauer wissen willst, schau dir nachher übers virtuelle Netzwerk den Kurs ›Geschichte der Landwirtschaftstiere – Teil 17‹ an.«

»O. K. Mal schauen.«

»Hol mir Heinrich aus der IT-Sicherheitsabteilung, wir müssen versuchen, zu retten, was noch zu retten ist.«

»O. K.«

»Übergelaufen. Wie konnte Pedro nur? Wo ich ihn doch immer so gut behandelt und ihm höchstens einmal am Tag den Briefbeschwerer nachgeworfen habe.«

»Wo ist Heinrich?«

»Er meinte, Pedros Computer sei nicht mehr zu retten. Das Kuhmistvirus habe ihn zerstört und er könne nur noch verbrannt werden. Aber er hatte diese Liste bei sich herumliegen und meinte, diese könnte Ihnen nützlich sein.«

»Danke. Ah, die Agentenliste. Gewöhnlich würde jetzt einer meiner weithin gefürchteten Wutanfälle ausbrechen.«

»Bitte nicht.«

»Nein, heute nicht. Die Idiotie, die Agentenliste inklusive aller Kontaktdaten auf Papier auszudrucken, wer auch immer das getan hat, hat einmal etwas Gutes. Miranda, kontaktiere bitte alle Agenten auf der Liste und warne sie.«

»Vor was?«

»Ich werde dir eine Nachricht auf den Rekorder diktieren, die du an alle Agenten senden kannst.«

»An alle? Das sind Zehntausende und viele davon sind nicht einmal übers Netzwerk erreichbar.«

»Ja, an alle. Denjenigen, die nicht über unser virtuelles Netzwerk erreichbar sind, sendest du die Nachricht per Super-Express-Post. Wir müssen versuchen, so viele Agenten wie nur möglich zu warnen. Das Kuhmistvirus hat bereits genügend Schaden angerichtet. Wir dürfen diesen Extremisten keine weitere Zielfläche bieten.«

»Das Kuhmist-Was?«

»Mach dir keine Gedanken, für uns Menschen gibt es dagegen bereits eine Impfung, die dem Nahrungsbrei aller Mitarbeiter des Kulturministeriums automatisch beigemischt wird.«

»Oh.«

»Bitte bereite alles für den Versand vor und verlange bei der Post einen Mengenrabatt, die Nachricht bringe ich dir nachher gleich runter.«

10 | Die Bändigung des Universums –
Zweiter Versuch

»Was für einen Laser habt ihr?«

»Wir haben den besten tragbaren Laser, den man kaufen kann. Hat all unsere Ersparnisse aufgebraucht.«

»Super. Ich habe in einem alten Buch, das ich vorgestern übersehen hatte, zwei neue Möglichkeiten gefunden, um unser Universum zu bändigen.«

»Unser Universum – jetzt ist es also auch deines, nicht nur das von mir und Erdea.«

»Ja, genau. Ich war bei der Erschaffung zwar nicht dabei, doch finde ich, wenn uns die Bändigung dank meinem Vorschlag gelingt, bin ich ein gleichwertiger Partner des Experiments. Sollten wir eine wissenschaftliche Arbeit über das Planequarium-Experiment schreiben, würden alle unsere Namen gleichberechtigt darunter stehen. Mir ist klar, dass wir dieses Papier unter der aktuellen Regierung nie veröffentlichen können, aber wer weiß, vielleicht ändert sich irgendwann das politische Klima in unserem Land. Seid ihr damit einverstanden?«

»Ist für mich ganz o. k. Und für dich, Luto?«

»Für mich auch. Nennen wir uns ›die drei Planetiere‹?«

»Super. Die drei was?«

»Die drei Planetiere. Wie die drei Musketiere, einfach ohne Musketen, dafür mit Planeten.«

»Hm, den Teamnamen können wir auch noch später festlegen.«

»Was für zwei Möglichkeiten hast du herausgefunden?«

»Die erste hat das Ziel, das Universum in einem blauen Ball einzufangen. Dafür benötigen wir den Laser und einen blauen Ball. Zum Glück habt ihr beides. Im Buch war tatsächlich von einem blauen Ball die Rede.«

»Erstaunlich.«

»Dr. Phla hatte womöglich die Idee aus dem Buch oder der Autor des Buches von Dr. Phla, anders kann ich mir das nicht erklären.«

»Die zweite?«

»Wir müssen den Laser mit einem siebeneckigen Kristall auf das schwarze Loch fokussieren. Dadurch sollte das schwarze Loch expandieren, alle Planeten und Sterne einsaugen und dann sich selbst verschlucken und alles verschwinden.«

»Oh, dann hätten wir keine Planeten mehr?«

»Nein, alle Planeten und Sterne, also das ganze Universum würde sich in Nichts auflösen. Als ob es nie existiert hätte.«

»Oh.«

»Vielleicht gelingt uns bereits die erste Variante.«

»Hoffentlich. Wo können wir einen siebeneckigen Kristall, was immer das auch sein mag, finden?«

»Ich habe einen dabei. Hier.«

»Wow. Wo hast du ihn gefunden? Auf deiner Reise?«

»Nein, bei meiner Oma Gerda. Ich habe sie gefragt, ob sie wisse, wo ich einen siebeneckigen Kristall finden könne. Da ging sie zu ihrem Bücherregal, stellte ein paar Bücher zur Seite, nahm einen schwarzen Stoffsack hervor und gab ihn mir, ohne ein Wort zu sagen oder zu fragen, wofür ich ihn brauche, als ob sie bereits über alles bestens Bescheid wüsste.«

»Hm, Intuition? Oder vielleicht hat sie überall in den Wohnungen versteckte Kameras installiert und beobachtet heimlich all ihre Mieter.«

»Das würde Gerda niemals tun.«

»Möglicherweise gab ihr eine Wahrsagerin auf dem 13. Markt das Säckchen und sagte: ›Eines Tages wird dich deine Enkelin nach einem siebeneckigen Kristall fragen, geh dann hin und gib ihr diesen Beutel, ohne eine Frage zu stellen. Solltest du diesen Auftrag nicht genau nach meiner Vorgabe ausführen, wird sich ein Tag und siebenundvierzig Minuten später das ganze bekannte Universum in Nichts auflösen.‹«

»Haha.«

»Ich hol kurz den Sack mit den blauen Bällen und schlage vor, wir gehen gleich runter und testen deine beiden Varianten.«

»Super, los geht's.«

»Steht in deinem Buch, in welcher Distanz und welchem Winkel zueinander wir den Laser, den blauen Ball und das Universum ausrichten müssen?«

»Mist, ich habe das Buch in meiner Wohnung liegen gelassen. Komme gleich wieder.«

»So, hier steht, richtet alles in einer geraden Linie aus. Bezüglich der Distanz steht nichts. Ich denke, wir zielen am besten auf die Mitte des Universums. Der blaue Ball sollte dank dem Laserstrahl so expandieren, dass er das ganze Universum in sich aufnimmt.«

»Muss der blaue Ball voll oder leer sein?«

»Hm, darüber steht hier nichts. Versuchen wir es zuerst mit einem leeren und dann mit einem vollen.«

»O. K. Ich schneide einen Ball auf.«

»Cool, eine Rolle violettes Klebeband war drin.«

»Was war drin?«

»Eine Rolle violettes Klebeband. Hier, schau.«

»Tatsächlich. Komisch.«

»Gemäß Antonio, dem Verwalter der Gummiballfabrik beim alten Staudamm, war das eine Idee ihrer Praktikantin.«

»Die blauen Bälle mit Klebeband zu füllen?«

»Nein, allerlei komprimiertes Zeugs in die Bälle zu tun, um den Arbeitsalltag etwas spannender zu gestalten. In einem war unser Papagei Freitag und in einem anderen die Wasserschildkröten.«

»Tiere können in komprimiertem Wasser überleben?«

»Anscheinend. Am besten besuchst du Antonio in seiner Fabrik, beziehungsweise im Stiftungshaus beim alten Staudamm. Er wird dir sicherlich gerne alles genauer erklären.«

»Vielleicht ein anderes Mal. Starten wir den Versuch?«

»Ja. Drei, zwei, eins.«

»Laser an.«

»Hm, der Ball ist geschmolzen.«

»Versuchen wir es mit einem vollen blauen Ball.«

»O. K.«

»Drei, zwei, eins.«

»Laser an.«

»Mist.«

»Alles nass?«

»Pitschnass.«

»Versuchen wir es nochmals.«

»O. K.«

»Grmpf.«

»Wieder nichts.«

»Schon die zweite Dusche für heute.«

»Aller guten Dinge sind drei?«

»O. K.«

»Aua, direkt ins Auge.«

»Sorry.«

»Das war nicht deine Schuld, sondern desjenigen, der diesen blauen Ball mit Pingpongbällen gefüllt hat.«

»Sei froh, dass kein Baseballschläger drin war.«

»Aua. Nicht schon wieder.«

»Hm, ich denke, das Problem sind die Gegenstände in den Bällen.«

»Die können wir aber nicht herausnehmen, ohne den Ball aufzuschneiden.«

»Vielleicht kannst du ihn mit dem Klebeband wieder verschließen.«

»Gute Idee.«

»Hm, wirklich dicht ist er nicht. Ich habe ihn zwar komplett umwickelt, aber das meiste Wasser ist ihm dennoch entwichen.«

»Schade.«

»Hier, wagt auch einen Versuch.«

»Wow, Luto, wir dürfen mit deinem geliebten Klebeband hantieren?«

»Außergewöhnliche Zeiten bedürfen außergewöhnlicher Maßnahmen.«

»Haha.«

»Und?«

»Meiner ist nur noch ein Klumpen aus Gummi und Klebeband. Petra?«

»Bei mir klebt das Klebeband überall, nur nicht auf dem Ball.«

»Hm, dann müssen wir es doch mit deiner zweiten Variante versuchen.«

»Ja, nur schade um das schöne Universum.«

»Und um den kleinen Vielfraß.«

»Wen? ... Ah, das schwarze Loch.«

»Genau.«

»Wie müssen wir den Versuch aufbauen?«

»Hier, schau im Buch auf Seite 171, da ist alles detailliert skizziert.«

»Hm, aber ohne Distanz- und Stärkeangaben.«

»Spielt wahrscheinlich keine Rolle.«

»Oder der Autor wusste es selbst nicht ganz genau.«

»Kann sein. Kann sein. Wer weiß das schon? Fragen können wir ihn leider nicht.«

»Wie hieß er?«

»Moment ... Ah, hier steht es. Professor Dee.«

»Hm, der Name kommt mir bekannt vor. Doch woher nur?«

»Wahrscheinlich war er einer der frühen Schüler des Dr. Phla.«

»Oder Dr. Phla war einer seiner Schüler?«

»Keine Ahnung, aber durchaus möglich. Auch Dr. Phla muss sein Wissen von irgendwem erhalten haben.«

»Bauen wir den Versuch auf?«

»Bauen wir ihn auf.«

»Wie können wir überprüfen, ob alles richtig ausgerichtet ist? Soll ich den Laser kurz einschalten?«

»Nimm besser die Taschenlampe.«

»Hm, das Licht wird durch den siebeneckigen Kristall komisch abgelenkt.«

»Dreh ihn etwas nach links.«

»So?«

»Ja, jetzt trifft der Lichtstrahl direkt ins schwarze Loch und scheint darin im Nichts zu verschwinden. Spannend.«

»Wagen wir den Versuch?«

»Ist das nicht gefährlich?«

»Moment, im Buch steht: ›Begebt euch vor dem Start in Deckung.‹ Ja, es scheint gefährlich zu sein.«

»Kippen wir den alten Schreibtisch und setzen uns dahinter. Dort sollten wir in Sicherheit sein.«

»Ich hol oben noch schnell die Fernbedienung des Lasers.«

»Der Laser hat eine Fernbedienung?«

»Ja. Ich hol sie kurz.«

»Seid ihr bereit?«

»Wollen wir alle zusammen auf den Knopf drücken? Als Team?«

»O. K., der Knopf ist aber sehr klein.«

»Wenn wir alle Daumen übereinanderlegen, sollte es gehen.«

»Hm, seid ihr bereit?«

»Ja.«

»Ja.«

»Drei.«

»Zwei.«

»Eins.«

»Es funktioniert.«

»Seht nur, wie das schwarze Loch wächst.«

»Unser kleiner Vielfraß wird zu einem planetenfressenden Monster.«

»Den ersten hat er erwischt.«

»Und nun den zweiten.«

»Müssen wir den Laser nicht wieder ausschalten?«

»Nein, lass ihn laufen, bis alles vorüber ist.«

»Jetzt hat er sich gleich zwei Sterne auf einmal geschnappt.«

»Und jetzt das Regal.«

»Der Schreibtisch wandert auch schon langsam in seine Richtung.«

»Haltet euch fest.«

»Wo?«

»Ganz zurück zur Wand. Schnell.«

»Nicht besser die Treppe hoch?«

»Nein, da kommen wir nicht mehr hin. Die ist auf der anderen Seite des heißhungrigen kleinen Vielfraßes.«

»Wow, jetzt hat er sogar die Türe aus den Angeln gehoben und verschlungen.«

»Kommt ganz in die Ecke. Da ist der Sog etwas schwächer.«

»Oh, du kommst aber nahe.«

»Halten wir uns an uns gegenseitig fest, dann sind wir schwerer.«

»Hm, o. k.«

»Luto, komm auch zu uns herüber.«

»Ich weiß nicht, ob ich das schaffe.«

»Doch, du kannst das. Kriech an der Wand entlang.«

»Weiter.«

»Geschafft.«

»Halt dich ebenfalls an uns fest.«

»Den Schreibtisch hat es nun auch verschlungen.«

»Müsste das schwarze Loch nicht endlich sich selbst verschlingen?«

»Es fehlen noch ein Stern und drei Planeten.«

»Nun hat es sich auch den Laser und die Werkbank darunter einverleibt.«

»Nur noch ein Planet übrig.«

»Gleich sollte es so weit sein.«

»Haltet euch fester fest.«

»Schaut, unser groß gewordene kleine Vielfraß verschlingt sich wirklich selbst.«

»Wahnsinn, ich hätte es nie für möglich gehalten, dass ein schwarzes Loch sich selbst verschlingen kann.«

»Da haben wir den Beweis.«

»Vielleicht sind wir die ersten Zeugen eines solchen Ereignisses.«

»Pioniere.«

»Falls wir es überleben.«

»Erzählen dürfen wir es trotzdem niemandem.«

»Unser Geheimnis.«

»Gleich sollte es vorbei sein. Das schwarze Loch wölbt sich immer mehr von außen in sich selbst hinein.«

»Saugt sich ein.«

»Und uns mit.«

»Nein, uns nicht.«

»Gut festhalten.«

»Oh, es wird immer heller.«

»Müsste es am Ende nicht dunkel werden?«

»Augen zu.«

»Ich will es aber sehen.«

»Oh mein Gott.«

»Oh, oh, oh.«

»Auweia.«

»...«

»Seid ihr noch da? Ich kann nichts mehr sehen.«

»Ich bin noch da. Meine Augen schmerzen. Was war das? Was ist passiert? Erdea, bist du auch noch da?«

»Ja, Luto. Mein Kopf dröhnt. Meine Augen sind so blind wie eure.«

»Der Sog scheint aufgehört zu haben. Wollen wir uns loslassen?«

»Nein.«

»Wie, nein?«

»Noch nicht.«

»Warum?«

»Ich sehe noch nichts. Fühlt sich so sicherer an.«

»Wir sehen alle nichts mehr.«

»Ich sehe langsam wieder schwarze Punkte.«

»Bist du farbenblind?«

»Hoffentlich nicht.«

»Bei mir flimmert es auch langsam wieder vor den Augen.«

»Ich habe das Gefühl, wir sind nicht alleine hier.«

»Ich auch, irgendetwas ist mit uns im Raum.«

»Hoffentlich kein Alien.«

»Vielleicht ist Freitag auferstanden?«

»Wohl kaum, fühlt sich anders an. Weiß nicht, wie. Kann es noch nicht erkennen.«

»Vielleicht sieht es uns auch nicht.«

»Bleiben wir zur Sicherheit liegen, bis wir wieder normal sehen können.«

»O. K., warten wir.«

»Seht ihr auch, was ich sehe?«

»Meine Augen schmerzen immer noch. Mag sie noch nicht öffnen.«

»Sind das wirklich lauter neue Sterne und Planeten?«

»Was?«

»Tatsächlich.«

»Wow. Scheint mir, wir haben wiederum ein Universum erschaffen.«

»Wow. Wirklich.«

»Ich sehe nichts.«

»Luto, mach die Augen auf.«

»O. K., o. k. ... Wow. Das neue ist sogar noch schöner als unser altes.«

»Weniger Sterne und Planeten, dafür alles etwas größer.«

»Wie viele zählt ihr? Ich sehe drei Sterne, siebzehn Planeten, neun Monde und zwölf Kometen.«

»Ja, ich zähle genauso viele.«

»Ich auch. Schade, es scheint diesmal kein schwarzes Loch dabei zu sein.«

»Ist doch besser so.«

»Dafür haben wir jetzt auch Monde und Kometen.«

»Komisch, im Buch stand, dass alles im Nichts verschwinden würde.«

»Und doch haben wir ein neues, frei schwebendes Universum erschaffen. Wahrscheinlich konnten wir gerade einen zweiten Urknall miterleben.«

»Vielleicht funktionierte es wegen all der Dinge, mit dem ihr das schwarze Loch gefüttert habt, nicht wie gewünscht.«

»Nein, ich vermute, dass uns der kleine Vielfraß nur dank unseren großzügigen Opfergaben verschont hat. Sonst hat er alles verschlungen, das sich mit uns im Raum befand.«

»Tatsächlich. Und wie blitzblank jetzt alles ist.«

»Ist dir die Türe dort hinten schon früher aufgefallen?«

»Nein, dort stand das Regal mit den alten Laborutensilien.«

»Wohin die Türe wohl führt?«

»Hm, abgeschlossen. Sonst wäre sie wohl ebenfalls vom kleinen Vielfraß gefressen worden.«

»Ich gehe kurz den Schlüssel holen, den Gerda uns gab.«

»Passt.«

»Was befindet sich dahinter?«

»Eine Toilette.«

»Wirklich?«

»Ja, kommt und seht selbst.«

»Tatsächlich.«

»Haha. Wir haben alle Möbel, alles Werkzeug sowie den Laser und das Klebeband verloren, dafür eine Toilette gewonnen.«

»Übrigens, steht im Buch von Professor Dee irgendetwas bezüglich des neuen Universums?«

»Keine Ahnung, das Buch lag neben dem Laser auf der Werkbank und ist ebenfalls dem kleinen Vielfraß zum Opfer gefallen.«

»Zum Glück hat er wenigstens uns verschmäht.«

»In der Tat.«

»Ob das neue Universum auch gefährlich ist?«

»Ich denke, wir sollten es zur Sicherheit in irgendeiner Form von Behälter einschließen.«

»Vielleicht finden wir im Brockenhaus ein großes Aquarium.«

»Nein, sicherlich kein Aquarium.«

»Ein riesiges Goldfischglas?«

»Ein so großes habe ich noch nie gesehen.«

»Schauen wir, ob wir auf dem nächsten 13. Markt etwas Passendes finden oder ob uns dort jemand helfen kann. Wenn ich mich nicht täusche, ist der nächste bereits in zwei Tagen.«

»Gute Idee. Tun wir das.«

09 | Geh besser raus auf die Weide II

»Giuliana?«

»Ja?«

»Gute Neuigkeit: Unser getarnter mechanischer Briefadler ist vorhin aus der Hauptstadt eingetroffen.«

»Super, konnten wir viele Adressen abfangen?«

»Unser Kontakt bei der Post konnte uns 9 532 Namen und Adressen von Regierungsagenten kopieren.«

»Genial, Pedro ist ein Genie. Sein Plan hat wie geschmiert geklappt. Zwar konnten wir die Daten nicht aus dem System herunterladen, aber der Kulturminister hat, wie vorausgesagt, völlig überreagiert.«

»Und wie viel Geld die Regierung damit verbrannt hat! Gemäß Kurt, unserem Kontakt bei der Post, hat die Regierung 15 731 Super-Express-Briefe versandt und musste sogar einen Supergroßmengenzuschlag zahlen.«

»Was, er konnte uns nicht alle Adressen kopieren?«

»Nein, es waren schlicht zu viele. Kurt hat getan, was er konnte. 9 532 identifizierte Agenten sind nun wirklich nicht schlecht.«

»Alle wären besser gewesen, aber du hast recht, besser als nichts. Schreib ihm und dank ihm für seine gute Leistung.«

»Werde ich machen.«

»Übrigens, ist Pedro schon in unserem Camp angekommen?«

»Nein, keiner weiß, wo er geblieben ist. Hoffentlich wurde er nicht von einem Regierungsagenten erwischt.«

»Nein, das denke ich nicht. Die sind zurzeit alle in Panik. Wahrscheinlich hat er sich nur verlaufen. So, wie er gesagt hat, hat er die Hauptstadt während seines ganzen Lebens noch nie verlassen. Da kann die Schönheit der nahezu unbewohnten Natur hier draußen eine verzaubernde Wirkung haben und einen vom Weg abbringen.«

»Wieso? Wir sind nun wirklich nicht schwierig zu finden. Nach Gans Anderswo fahren, dann dem Fluss entlang zum alten Staudamm gehen, sich dort nicht von Antonio erwischen lassen – obwohl, ich denke nicht, dass er für die Regierung arbeitet –, den Stausee überqueren, weiter zur verlassenen Mühle, hinunter ins Grünweintal, links vorbei am verrosteten Riesenrad, weiter bis zur großen Eiche, vorbei am alten Pferdehof, wo man sich bei einer Tasse Glühwein mit Hufeisenstaub stärken kann, danach den verschlungenen Pfad hinauf zum Haus der gelben Kräuterhexe und hinunter ins Tal der sieben Bananenbahnen, vorbei an deren drei, dann rechts abbiegen in den Wald der verdorrten Fichten, hinauf aufs Plateau der vergessenen Ziegen, vorbei am Schloss der drei verwunschenen Schafe, noch einmal durch ein Tal – das Tal der neun blauen Steine –, hinauf auf den wollüstigen Berg, auf halber Höhe in die Höhle der sechs verlorenen Jünglinge, durchs Labyrinth der Hoffnung, durch die Türe Nummer drei, hinaus aufs Plateau der glücklichen Frauen, fünf Meilen geradeaus über die blaue Weide, und schon sollte er vor unserem lustigen Bauernhof stehen. Wirklich einfach zu finden.«

»Vielleicht nicht für einen Mann?«

»Hm, vielleicht. Aber würden wir unseren Sympathisanten sagen, dass sie bei der verlassenen Mühle einfach den Weg hinauf- statt hinuntergehen sollen und schon am Ziel wären, hätten uns auch die Agenten der Regierung schon längst gefunden. So denken sie, wenn sie einen unserer Anhänger fangen und verhören, der hat doch nicht alle Tassen im Schrank.«

08 | Tanzen

»Hallo, Herr Rabe.«

»Hallo, Petra. Wie ich sehe, habt ihr euch gefunden.«

»Ja, wie der Zufall es wollte, wohnen wir sogar alle im selben Haus.«

»Super.«

»Wissen Sie zufällig, wie man ein frei schwebendes Universum einfangen und bändigen kann?«

»Vielleicht mit einem Schmetterlingsnetz? Nein, sorry, keine Ahnung. Aber ich kann euch zur Stärkung meine neuste Kreation anbieten: schwarzer Rabenkuchen mit blutigen Augen und knusprigen Krallen.«

»Hm.«

»Ihr wärt die Ersten, die meinen neuen, schmackhaften Kuchen testen. Hier habt ihr je ein Stück aufs Haus, damit ihr genug Energie habt, eure Antworten zu finden und später die Nacht durchzutanzen. Ich nehme an, ihr bleibt bis zum Tanzfest, oder?«

»Ja, sicherlich. Ab und an eine Nacht durchzutanzen und für einen Moment alle Sorgen zu vergessen, tut immer wieder aufs Neue gut.«

»Mm, Ihr Kuchen schmeckt überraschenderweise ausgezeichnet. Ist da wirklich Rabe drin?«

»Natürlich, alle meine Gerichte werden mit frischen Raben zubereitet. Ich verwende alles, vom Auge bis zur Kralle.«

»Hm, die knusprigen Krallen schmecken eher nach karamellisierten Mandelsplittern.«

»In der Tat schmecken die so. Wenn Sie es nicht glauben, kann ich gerne diesem Raben hier, Ruprecht, eine Kralle abschneiden, und Sie können eine frisch ab Vogel probieren.«

»Nein, nein, das ist nicht nötig. Lassen Sie das arme Tier in Frieden.«

»Wie Sie wollen.«

»Danke für den Kuchen.«

»Gerne, gerne. Kommt bald wieder.«

»Teilen wir uns auf und treffen uns in drei Stunden beim Glühweinstand? So sollten wir den ganzen Markt nach Antworten durchforsten können.«

»O. K., bis dann.«

»Bis später.«

»Petra, du bist auch schon zurück?«

»Ja. Luto, was hast du herausgefunden?«

»Ich habe diesen coolen, dehnbaren Schlangenschlauchsack gekauft, vielleicht können wir das Universum darin einfangen.«

»In einem Sack? Das hört sich noch schlimmer an als euer Aquarium.«

»Und für alle Fälle habe ich ein Schmetterlingsnetz gekauft. Der Händler meinte, es sei ein Netz zum Fangen von magischen Glühwürmchen, aber meiner Meinung nach sieht es mehr wie ein gewöhnliches Schmetterlingsnetz aus.«

»Hm, ist das alles?«

»Den Rest der Zeit war ich bei den Zauberern. Ihre Show war völlig faszinierend. Zudem hat mir der großartige Max einen

Zauberstab geschenkt und meinte, ich solle einfach ›Hokus-pokus Blapukotus Planetopu Planetopa Planetula Unver-suka Bändiguga‹ aufsagen und schwupp, hätten wir unser Universum gebändigt und auf immer und ewig eingefangen. Cool, nicht?«

»Arg.«

»Hast du etwas Besseres gefunden?«

»Ja, die Wahrsagerin mit der krummen grünen Nase gab mir dieses Buch über die Bändigung des Universums von Meister Mesner und meinte, sie hätte in ihrer Kugel gesehen, dass wir das Universum durch Lutos Zauberspruch bändigen und die Welt retten werden. Hier.«

»Auf dem Buchumschlag steht aber ›Die lustigen Abenteuer des violetten Elefanten‹.«

»Ich weiß, gib es wieder her. Aus diesem Buch hat mir meine Mutter immer Gutenachtgeschichten vorgelesen. Leider ist sie, als ich noch klein war, plötzlich verschwunden. Sie war wie vom Erdboden verschluckt. Oder als ob sie sich in Luft aufgelöst hätte. Bis heute konnte ich nicht herausfinden, was damals mit ihr passiert ist.«

»Das tut mir leid.«

»Gerda hat sich danach um mich gekümmert und mich groß-gezogen. Durch sie habe ich auch Dr. Phla kennengelernt, er kam des Öfteren zu Tee und Kuchen zu meiner Großmutter zu Besuch. Wenn ich zurückdenke, schienen sie miteinander sehr vertraut zu sein. Hm ...«

»Vielleicht ist er dein Großvater.«

»Haha, wohl kaum.«

»Was hast du sonst noch herausgefunden?«

»Nichts, darum habe ich mich so geärgert, dass du auch nichts Gescheites gefunden hast.«

»Da bin ich anderer Meinung. Ich finde, meine drei Sachen sind zumindest einen Versuch wert.«

»Jaja, besser als nichts.«

»Probieren geht über Studieren.«

»Mach doch, was du willst.«

»Sei nicht so niedergeschlagen. Im Grunde genommen war dein zweiter Versuch gestern ein voller Erfolg. Immerhin haben wir kein schwarzes Loch mehr im Keller und müssen somit keine Angst mehr haben, dass es uns und unseren ganzen Planeten verschlingt.«

»Danke. Du hast recht. Alles ist noch nicht verloren.«

»Da kommt Erdea, vielleicht hat sie mehr Glück gehabt.«

»Hallo, Erdea, was hast du herausgefunden?«

»Hallo, ihr zwei, ich habe vieles und nichts herausgefunden. Vieles, das uns nicht weiterhilft. Es scheint mir, dass niemand etwas über die angewandte Planetenalchemie weiß oder alle Angst haben, sich versehentlich zu verraten. Dutzende Male wurde ich gefragt, ob ich eine Spionin der Regierung sei, obwohl mich die meisten schon öfter auf dem 13. Markt gesehen haben. Luto und ich sind fast jedes Mal hier. In letzter Zeit sind viele neue Gesichter nach Gans Anderswo gekommen, was das bereits natürlich vorhandene Misstrauen der Gans Anderswoer gegenüber Fragenden stark gesteigert hat.«

»Mist.«

»Mit dem Misthändler habe ich auch gesprochen, er war überzeugt, dass mir dieser getrocknete Kuhfladen weiterhelfen kann. Haha.«

»Igitt.«

»Er meinte, er habe magische Kräfte. Ich solle ihn direkt unter das Universum legen und alles würde gut. Unser Universum würde dann von den magischen Gravitationskräften des Kuhfladens eingefangen und gebändigt. Nur die Fliegen sollen wir vom Kuhfladen fernhalten, hat er hervorgehoben. Diese würden die Gravitationskräfte des Fladens stören.«

»Hm.«

»Mir hat die Geschichte gefallen, so unsinnig sie auch ist. Ich dachte, ich belohne seine Kreativität und kaufe ihm seinen Kuhmist ab. Hat mich nur zehn Karmapunkte gekostet.«

»Ganze zehn Karmapunkte?«

»Ja. Wo er den Kuhfladen wohl gefunden hat? Kühe sind schon seit Jahrzehnten ausgestorben. Die gibt es nur noch in den Geschichtsbüchern.«

»Nein.«

»Wie, nein?«

»Haben wir nicht einen Kuhfladen in einem der blauen Bälle gefunden?«

»Stimmt, ich erinnere mich. Wo der wohl abgeblieben ist?«

»Vielleicht hat Freitag ihn zum Frühstück verspeist.«

»Papageie essen keine Kuhfladen.«

»Hm.«

»Hm was?«

»Wir haben einen komischen Sack, ein magisches Schmetterlingsnetz, einen Zauberstab plus Zauberspruch, ein Kinderbuch und einen Kuhfladen. Was sollen wir nur machen? So werden wir das Universum niemals bändigen.«

»Einen Zauberspruch? Das hört sich doch vielversprechend an. Ist zumindest einen Versuch wert.«

»Das habe ich Petra auch gesagt.«

»Hallo zusammen, ihr schaut aber ausgelaugt drein. Möchtet ihr zur Stärkung einen Glühwein mit gemahlenem Hufeisenstaub?«

»Gerne. Für jeden einen.«

»Mit Schuss?«

»Ja, gerne mit fünffachem Schuss.«

»Wow, das hat noch nie jemand gewagt. Doch der Kunde ist König. Mache mir gleich selbst ebenfalls einen mit fünffachem Schuss und stoße zur Feier des Tages mit euch an. Ihr bleibt bis zum großen Tanzfest?«

»Ja, natürlich. Das Tanzfest ist immer ein Highlight.«

»Heute gibt es eine Premiere. Wir erwarten eine siebenunddreißigköpfige Reggaeton Big Band mit allem, was dazugehört.«

»Wusste gar nicht, dass es das gibt.«

»Giulianas Reggaeton Big Band sprengt in der Tat den gewöhnlichen Rahmen. Sie sagt, jeder, der gerne möchte, darf in ihrer Band mitspielen. Wer noch kein Instrument spielen kann, muss natürlich erst entsprechend üben oder zumindest lernen, den Rhythmus auf seinen Schenkeln zu trommeln. Zudem spielen sie unplugged, das heißt ohne Verstärker oder andere elektronische Hilfsmittel.«

»Cool, das wird sicher super. Woher kommt Giulianas Band? Aus der Hauptstadt?«

»Nein, sie kommen vom lustigen Bauernhof bei der blauen Weide. Keine Ahnung, wo das ist.«

»Blaue Weide? Noch nie gehört.«

»Hier, euer Glühwein.«

»Danke. Prost.«

»Zum Wohl.«

»Auf frohes Tanzen.«

»Auf die Bändigung des Universums.«

»Das kann warten. Erst tanzen, tanzen, tanzen. Als ob es kein Morgen gäbe. Einfach nur tanzen.«

»Genau. Bringen wir kurz das ganze Zeugs nach Hause und dann ab zum Tanz. Ein hoch auf den Tanz.«

»Tanzen, juhe.«

»Tanzen, tanzen, tanzen.«

07 | Die Bändigung des Universums – Dritter Versuch

»Hallo, Petra, hast du gut geschlafen?«

»Hallo, Erdea. Wo ist Luto?«

»Er ist bereits unten.«

»Wollt ihr heute wirklich all die Sachen, die wir vorgestern auf dem 13. Markt gefunden haben, ausprobieren?«

»Ja, wieso? Hast du eine bessere Idee?«

»Leider nein.«

»Mach dir keine Sorgen, unser Universum hat sich kaum verändert.«

»Kaum verändert?«

»Es ist nur ein kleines bisschen gewachsen.«

»Gewachsen?«

»Ja, unsere Sterne und Planeten wurden knapp zehn Prozent größer.«

»In nur drei Tagen? Mist.«

»Na, Luto und ich denken, das ist kein Problem, dort unten hat es genug Platz.«

»Ja, aber stell dir vor, sie wachsen und wachsen und wachsen und wachsen und wachsen. Was dann?«

»Hm.«

»Siehst du.«

»Hast du gestern auch den halben Tag geschlafen?«

»Nein, nur ein paar Stunden, dann bin ich wach gelegen und konnte nicht mehr zur Ruhe kommen. In meinem Kopf hat sich ein Szenario nach dem anderen abgespielt und mir eine Vorahnung gegeben, was alles passieren könnte. Die meisten haben schrecklich geendet. Wirklich schrecklich. Alle und alles tot. Mausetot.«

»Aber nicht alle?«

»Nein, bei ein paar wenigen waren nur die meisten tot.«

»Siehst du, so schlimm sieht es doch gar nicht aus.«

»Wie kommst du darauf?«

»Das Tanzen hat dir aber gefallen?«

»Ja, mit dir und Luto die ganze Nacht zu den coolen Beats durchzutanzen, war super. Hatte schon lange nicht mehr so viel Spaß.«

»Cool. Das nächste Mal, wenn du dich schlecht fühlst oder dich all diese Gedanken plagen, musst du einfach tanzen. Versprochen?«

»Hm, versprochen.«

»Gehen wir runter zu Luto. Nicht, dass er ohne uns loslegt.«

»Hallo, ihr zwei. Ich habe all unsere Sachen vom 13. Markt hier schön in eine Reihe gelegt. Ich denke, wir testen als Erstes Erdeas Kuhfladen, was denkt ihr?«

»Wie du willst.«

»O. K., ich werfe den Kuhfladen sanft unter das Universum. Augen zu.«

»Ist etwas passiert?«

»Nein, du kannst die Augen wieder öffnen.«

»Ihr hattet sie nicht geschlossen?«

»Du hättest sie auch erst schließen sollen, nachdem du den Kuhfladen geworfen hast.«

»Huch, er ist verschwunden. Gibt es ein neues schwarzes Loch?«

»Nein, sieh her.«

»Oh, ich habe ihn euch direkt vor die Füße geworfen.«

»Ja, sehr nett von dir.«

»Wirf doch du ihn unter die Planeten.«

»Hier.«

»Aua.«

»Haha.«

»Mist, jetzt ist er ganz zerbröselt und ich bin voller Kuhfladenstücke. Bäh, sogar im Mund. Bäh.«

»Haha.«

»Operation Kuhfladen ist gescheitert. Musstest du ihn unbedingt zu mir werfen? So werden wir nie erfahren, ob es funktioniert hätte.«

»Tja, wer andern Kuhfladen vor die Füße wirft, muss sich nicht wundern, wenn sie ihn am eigenen Kopf treffen.«

»Grr.«

»Was ist der zweite Versuch auf dem Tagesprogramm?«

»Zauberei.«

»Zeig, was du kannst.«

»Hokuspokus Blapukotus Planetopu Planetopa Planetula Unversuka Bändiguga.«

»Musst du, damit es funktioniert, den Spruch nicht mit offenen Augen aufsagen und deinen Zauberstab im Takt mitschwingen?«

»Mist, den Zauberstab habe ich glatt oben liegen lassen.«

»Hokuspokus Blapukotus Planetopu Planetopa Planetula Unversuka Bändiguga.«

»Und alle sind noch da.«

»Sollen sie auch, doch sollten sie gebändigt sein.«

»Woran soll man das erkennen?«

»Keine Ahnung.«

»Ich sehe nichts.«

»Ich auch nicht.«

»O. K., weiter. Was kommt als Nächstes?«

»Das magische Netz.«

»Haha, dieser Versuch war schnell vorbei.«

»Die Sterne haben das Schmetterlingsnetz verbrannt. Alle Magie hat nichts genützt. Ob wir das Netz wohl zurückgeben können?«

»Kannst es ja versuchen. Somit sind wir schon beim letzten Versuch für heute angelangt. Wollen wir danach alle zusammen etwas trinken gehen?«

»Noch ist die Schlacht nicht verloren.«

»Denkst du wirklich, dass dein Schlauchsackdings funktioniert?«

»Natürlich wird mein dehnbarer Schlangenschlauchsack funktionieren, darum habe ich ihn bis zum Schluss aufgespart.«

»Aha, alles andere sollte also scheitern, damit du mit deinem Sackdings umso mehr brillieren kannst.«

»Sehr witzig.«

»Na dann, leg los.«

»Erstaunlich, bisher hält der Sack wirklich. Alle Planeten und Sterne sind drin.«

»Nur noch einen Kometen musst du erwischen.«

»Ha, es hat geklappt. Da staunt ihr, nicht?«

»Was jetzt?«

»Hm.«

»Wirklich cool sieht dein Sackuniversum oder besser gesagt dein Planesackium nicht aus.«

»Ich habe eine Idee.«

»Wirklich? Noch eine? Kennt deine Kreativität heute keine Grenzen?«

»Moment.«

»Luto, was willst du auf der Toilette? Wir wissen nicht einmal, ob sie funktioniert. Geh nach oben oder mach wenigstens die Türe zu, wir wollen dir dabei nicht zusehen.«

»Ist nicht für mich.«

»Für wen dann? Wir gehen sicher nicht vor dir auf die Toilette.«

»Nein, auch nicht für euch, für das Universum.«

»Was soll das Universum auf der Toilette?«

»Wartet nur. Wenn alles klappt, wie ich es mir vorstelle, sind wir bald alle Sorgen los.«

»Hä?«

»Wir machen es wie du, Petra, bei deinem Versuch. Wir spülen alles die Toilette hinunter.«

»Das kann nur schiefgehen.«

»Nein, nein, das wird funktionieren.«

»Erdea, stopp ihn. Sag doch was.«

»Ich bin sprachlos, aber ich bin auch gespannt, wie Luto das anstellen will. Das Universum die Toilette hinunterspülen, das wäre wirklich was.«

»Ja, wenn die Pläne stimmen, wäre es dann ganz weit unter Gans Anderswo in der Kanalisationshöhle. Dort hätte unser Universum genug Platz, um sich nach Belieben zu entfalten. Zudem sollten die Felsen dick genug sein, um es in Bann zu halten.«

»So schlecht hört sich das doch gar nicht an. Zeig, was du kannst.«

»Als Erstes stülpe ich das Ende des Sackes über die Schüssel und dichte das Ganze mit dem violetten Klebeband ab. Nun muss man nur noch die Spülung betätigen.«

»Und das soll funktionieren?«

»Ihr werdet sehen. Wer von euch Damen möchte die Ehre des Betätigens der Spülung übernehmen und unser Universum die Toilette hinunterschicken?«

»Was für eine Ehre. Viel zu groß für mich. Willst du, Petra?«

»Nein, nein, so eine Ehre kann ich nicht übernehmen, die gebührt ganz alleine dem großen Luto.«

»Sehr witzig. Ihr werdet sehen, es wird funktionieren. Ich wette mit euch, ich brauche keine hundert Spülungen, um unser Universum die Toilette hinunterzuspülen.«

»O. K., ich bin dabei. Was ist dein Einsatz?«

»Wenn ich verliere, stelle ich mich selbst in die Toilette und ihr dürft spülen.«

»Luto die Toilette hinunterspülen, das wird cool. O. K., was willst du im Gegenzug von uns?«

»Die Aussicht, euer Gesicht zu sehen, wie ihr dumm aus der Wäsche blickt, wenn ich gewinne, ist mir Preis genug.«

»Wie du willst. Leg los.«

»Eins.«

»Zwei.«

»Siebzehn.«

»Nichts passiert. Freust du dich schon auf deine Spülung, Luto?«

»Lacht nicht zu früh.«

»Einundzwanzig.«

»Der Schlauch zieht sich wirklich langsam enger um die Planeten. Kann es sein, dass die Spülung tatsächlich die Luft aus dem Schlauch zieht?«

»Seht ihr, es funktioniert.«

»Na, gleich wird dein Schlauch platzen.«

»Zweiundzwanzig.«

»Siebenunddreißig.«

»Haben sich die Planeten wirklich etwas näher zur Toilette bewegt?«

»Bald werdet ihr staunen.«

»Mach weiter, ich will möglichst bald hier raus und was trinken gehen.«

»Bla, bla. Geh doch.«

»Nein, erst will ich dich die Toilette hinunterspülen.«

»Zweiundfünfzig. Seht ihr, die Planeten kommen immer näher zur Schüssel.«

»Und doch sind sie noch ein ziemliches Stück entfernt. Du hast nur noch achtundvierzig Spülungen übrig.«

»Siebenundsechzig. Näher und näher. Bald haben wir es geschafft.«

»Unglaublich, dass dein Sack immer noch hält.«

»Einundachtzig. Mit der nächsten Spülung könnte der erste Planet die Toilette runtergehen.«

»Ich glaube nicht, dass der durchpasst.«

»Zweiundachtzig. Es hat geklappt, der erste ist durch.«

»Unglaublich. Doch jetzt kommt ein Stern.«

»Dreiundachtzig.«

»Hm.«

»Vierundachtzig. Passt auf.«

»Igitt, wie das Toilettenwasser sprudelt. All die braune Brühe.«

»Zum Glück fängt der Schlangenschlauchsack alles auf.«

»Wehe dir, wenn der platzt und uns vollspritzt.«

»Hoffentlich sind unsere Planeten nicht bewohnt, sonst erleben die Bewohner jetzt eine schöne Bescherung.«

»Einundneunzig. Jetzt sind gleich drei Planeten, zwei Monde und fünf Kometen zusammen runter.«

»Hm, heute hast du mehr Glück als Verstand. Doch musst du es in weniger als hundert Spülungen schaffen, sonst gehst auch du die Toilette hinunter.«

»Wir werden sehen. Ihr werdet staunen.«

»Achtundneunzig. Nur noch zwei. Dann ist es geschafft.«

»Nein, du hast nur noch eine Spülung.«

»Ja, aber nur noch zwei Planeten. Die werden nun alle beide auf einmal runtergehen.«

»Hoffentlich nicht.«

»Du bist nett.«

»Ich will nur gewinnen.«

»Wirst du nicht.«

»Oh doch.«

»Hört auf, zu streiten, und macht weiter.«

»Seid ihr bereit?«

»Leg los.«

»Neunundneunzig.«

»Scheiße.«

»Haha.«

»Glück gehabt.«

»So geht also unser Universum die Toilette hinunter.«

»Wäre cool, wenn wir es dort unten beobachten könnten.«

»Spül doch einfach eine Kamera hinunter.«

»Gute Idee, ich gehe gleich meine alte Unterwasserkamera holen.«

»Wusste ich gar nicht, dass du so eine hast.«

»Habe ich einmal vor vielen, vielen Jahren auf einem Trödelmarkt in der Hauptstadt erstanden. Hatte noch nie eine Verwendung dafür. Bis heute.«

»Hier ist sie, sie hat sogar eine drahtlose Verbindung zum virtuellen Netzwerk. Habe sie sogleich mit meinem Konto synchronisiert.«

»Hoffen wir, dass die Regierung nicht mitschaut.«

»Glaube kaum, dass die sich für die Toilettenspülgänge der Gans Anderswoer interessieren.«

»So, nun ist auch die Kamera unten. Die Verbindung steht, wollt ihr sehen?«

»Nein danke. Schau du dir all die Scheiße ruhig selbst an.«

»Ab und an ein Blick kann nicht schaden, so werden wir wissen, falls wider Erwarten etwas schiefläuft.«

»Ob ein Fäkalien-Universum entsteht? Sich die Scheiße um die Sterne dreht?«

»Genug davon. Gehen wir was trinken. Ich denke, wir haben uns das redlich verdient.«

»Endlich. Raus an die frische Luft.«

»Klapp aber bitte vorher noch den Deckel zu.«

06 | Geh besser raus auf die Weide III

»Unsere Show auf dem 13. Markt in Gans Anderswo war ein großartiger Spaß, nicht wahr?«

»Ja, wirklich wunderbar. Wir konnten so viele Flyer wie noch nie für unsere Sache verteilen, einfach super. Das müssen wir unbedingt wiederholen und nicht nur in Gans Anderswo, im ganzen Land.«

»Hm, übertreiben dürfen wir es aber nicht. Die Regierung ist zwar zurzeit geschwächt, jedoch wird sie sicherlich versuchen, zurückzuschlagen und uns alle festzunehmen, wenn sie denn herausfinden, wer und wo wir sind.«

»Du hast recht, Giuliana, kleine Schritte führen auch ans Ziel.«

»Übrigens, Pedro ist inzwischen eingetroffen.«

»Super, wie geht es ihm?«

»Er ist in der Krankenstation, der Ärmste war vollkommen dehydriert.«

»Oh, warum?«

»Wie er mir erzählte, wusste er nicht mehr, welche Tür zum Ausgang des Labyrinths führte. So hat er sich drei Tage und drei Nächte lang den Kopf zerbrochen und sich nicht getraut, auch nur eine zu öffnen. Er hatte Angst, dass hinter den falschen Türen ein Monster lauern und ihn auffressen könnte.«

»Oh, der Ärmste.«

»Nach zweiundsiebzig schlaflosen Stunden hat er dann aber Mut gefasst und versuchte, eine Türe um die andere zu öffnen.«

»Mit welcher hat er begonnen?«

»Mit der ersten. Er war ganz schön überrascht, dass die erste und die zweite Türe nur aufgemalt waren. Im Licht der Fackeln war ihm das nicht aufgefallen.«

»Haha.«

»Ja, er sagte, er habe daraufhin vor Wut, Übermüdung und Verzweiflung einen solchen Lachkrampf bekommen, dass er ohnmächtig wurde. Einen Tag später ist er wieder aufgewacht, öffnete die Türe Nummer drei und fand endlich den Weg zu uns.«

»Erinnere mich bitte daran, dass wir ihn, wenn er wieder bei Kräften ist, für seine mutige Tat unbedingt gebührend belohnen.«

»Werde ich machen. Ich werde mir eine Aktivität überlegen, die ihm sehr gut gefallen könnte.«

»Giuliana, etwas wollte ich dir noch sagen.«

»Ja?«

»Heute Morgen ist eine schlechte Nachricht eingetroffen.«

»Schieß los.«

»Kurt, unser Kontakt im Postamt der Hauptstadt, wurde festgenommen.«

»Mist. Haben sie unsere Abfangaktion aufgedeckt?«

»Nein.«

»Puh, Glück gehabt. Warum wurde er dann festgenommen?«

»Er wurde mit einem ungeöffneten Super-Express-Brief des Kulturministers, den er einem anderen Postboten hätte zustellen müssen, in der Tasche erwischt.«

»Post für einen Postboten?«

»Hat mich auch gewundert. Auf jeden Fall hatte er diesen Brief aus irgendeinem Grund nicht ausgeliefert und den Brief immer noch bei sich getragen.«

»Das ist übel.«

»Immerhin gab es keinen Bezug zu uns.«

»Wir müssen trotzdem schauen, ob wir ihm irgendwie helfen können. Nicht, dass er den Rest seines Lebens hinter Gittern oder, noch schlimmer, eingesperrt in einer virtuellen Folterwelt verbringen muss. Dem Kulturminister ist alles zuzutrauen.«

»Miranda ist an der Sache dran. Sie meinte, eventuell ergibt sich die Chance, ihn zu befreien. Dann würde sie ihn über Umwege zu uns bringen.«

»Hm, dann würde aber Mirandas Deckung auffliegen und wir einen weiteren Top-Spion am Schaltpunkt der Regierung verlieren.«

»Ich werde versuchen, Miranda zu überzeugen, erst eine unserer Sympathisantinnen aus der Hauptstadt als Praktikantin einzustellen und einzuarbeiten. Diese könnte dann Mirandas Position übernehmen, wenn sie mit dem Postboten verschwindet.«

»O. K., gut vorausgedacht. Mach das.«

»Danke, ich werde alles in die Wege leiten.«

»Und ich gehe in der Zwischenzeit Pedro bei uns willkommen heißen.«

05 | Das Universum expandiert weiter

»Die Kanalisation ist leer.«

»Wie? Ist unser Universum verschwunden?«

»Nein, die Sterne, Planeten, Monde und Kometen sind noch da. Ansonsten ist die Kanalisation leer und wie es scheint, blitzblank. Man kann im Schein der Sterne sogar die blanken Felsen der Höhle erkennen. Hier, sieh selbst.«

»Tatsächlich. Komisch. Und die Planeten scheinen größer geworden zu sein.«

»Ja, sie wachsen stündlich.«

»Stündlich?«

»Ja, zumindest einer. Der schwebt genau im Fokus der Kamera, so kann ich ihn als Referenzobjekt verwenden.«

»Hm, sollen wir Petra darüber informieren?«

»Nein, sie war gestern Abend für einmal so fröhlich und entspannt. Lassen wir sie heute in Ruhe, damit sie sich etwas ausruhen und morgen den Tag mit ihrer Großmutter genießen kann. Wie sie erzählt hat, wollen sie zusammen einen Ausflug auf den Grünberg machen.«

»Da waren wir auch schon lange nicht mehr.«

»Hm, ich weiß. Erdea, am besten gehst du einmal mit Petra hinauf, ich mag Berge nicht.«

»Wie kann man Berge nicht mögen?«

»Ich finde sie mühsam, stehen im Weg, blockieren die Sicht und es geht die ganze Zeit über Stock und Stein hinauf und hinauf und hinauf. Ich bleibe lieber hier unten, wo alles schön flach ist.«

»... und beobachtest den Eingang neuer Toilettenspülungen live. Da klettere ich ja noch lieber einen Wolkenkratzer hinauf. Wahrscheinlich hast du einfach Höhenangst.«

»Ich behalte die Kamera nicht zum Spaß im Auge. Wir müssen unbedingt frühzeitig erkennen, falls etwas schiefgeht.«

»Was soll schon schiefgehen? Die Felsen da unten sind mehrere Meter dick. Und, wie du schon sagtest, hat unser Universum zudem bereits alle frei bewegliche, verfügbare Materie, die es kriegen kann, absorbiert. Zumindest, bis jemand wieder seine Toilette spült.«

»Das wundert mich am meisten.«

»Dass niemand die Toilette spült?«

»Nein, dass es unsere Kamera verschmäht hat.«

»Vielleicht mag es, wenn wir es beobachten.«

»Ein Universum mit einem eigenen Bewusstsein, das wäre cool. Jetzt müsste es nur noch mit uns reden können. Hallo, Universum, wie geht es dir? Haha.«

»*Guuut. Ich komme euch alle auffressen.*«

»Ahhhhh.«

»Haha, reingefallen.«

»Du hast mich voll erschreckt.«

»Haha, deine Schreckhaftigkeit macht mir jedes Mal aufs Neue Spaß. Du hättest deinen Gesichtsausdruck sehen sollen.«

»Ich werde mich nie daran gewöhnen, dass du Bauchreden kannst.«

»Hoffentlich, sonst wäre es auch nur noch der halbe Spaß.«

04 | Die Erde bricht auf

»Wie hat dir der Sonnenaufgang auf dem Grünberg gefallen?«

»Sehr. War fast so schön wie das Abendrot, als wir zuletzt oben waren.«

»Nur fast so schön?«

»Dich als meine Begleitung dabeizuhaben, Margaretha, war beide Male wundervoll.«

»Freut mich, danke, Udo.«

»Hm, kommt es dir auch so vor, als würde sich der Boden unter uns bewegen?«

»Das habe ich mir soeben auch gedacht. Dann ist das nicht normal?«

»Nein, definitiv nicht.«

»Ich dachte schon, das wäre eine weitere Einzigartigkeit von Gans Anderswo.«

»Haha, bei uns ist vieles anders als in der Hauptstadt, aber einen lebendigen Boden haben wir definitiv nicht.«

»Wäre aber cool. Wer unartig war, wird vom Boden verschlungen.«

»Haha, dann müsste er uns doch auch verschlingen.«

»Ach was, wir waren da oben doch ganz artig miteinander.«

»Soso.«

»Wow, sieh nur, es scheint mir, dass hier der Boden aufzureißen beginnt.«

»Wir stehen doch nicht auf einem Übergang von zwei tektonischen Platten?«

»Nein, ganz bestimmt nicht. Hier gibt es auch weit und breit keine Vulkane.«

»Erdbeben?«

»Nie, zumindest nicht, so lange ich denken kann.«

»Hm.«

»Komisch.«

»Vielleicht wohnt ein Drache unter Gans Anderswo, und durch die große Tanzparty auf dem letzten 13. Markt haben wir ihn aufgeweckt. Nun will er raus an die frische Luft, um seinen Drachentanz aufzuführen.«

»Ein Drache unter unserer Siedlung, das wäre cool, da kämen viele Touristen aus der Hauptstadt und mein Gasthaus wäre immer ausgebucht.«

»Hat seine Vorteile, wenn du wenige Gäste hast.«

»Ja, da kann ich mehr Zeit mit dir verbringen.«

»Hm, je weiter wir kommen, desto breiter wird der Riss im Boden.«

»Zum Glück führt der Fluss nur noch blaue Bälle und kein Wasser, sonst würde er da vorne in den Riss hineinfließen.«

»Die blauen Bälle rollen hinein, siehst du?«

»In der Tat. Verschwinden in der Dunkelheit. Der Riss scheint da vorne bereits ganz tief zu sein.«

»Der Boden wird hier weicher. Vorhin waren wir noch auf dem Ausläufer des Grünberges, hier besteht der Boden nur noch aus Erde und lockeren Steinen.«

»Da vorne stehen zwei Personen direkt vor dem Abgrund. Gehen wir zu ihnen hin, vielleicht wissen sie mehr.«

»Das sind Gerda und ihre Enkelin Petra.«

»Hallo, Gerda, wundert ihr euch auch über diesen komischen Riss im Boden?«

»Ja, wir wollten eigentlich hinauf zum Grünberg, aber dann haben wir gesehen, dass sich der Boden immer weiter öffnet.«

»Bei uns war es genauso, nur kommen wir vom Grünberg. Je näher wir zu Gans Anderswo kamen, desto breiter und tiefer wurde der Spalt.«

»Komisch, weiter vorne verläuft er direkt durchs Flussbett, fast alle blauen Bälle sind bereits hinuntergefallen und der Brücke über den Fluss hat er auch schon arg zugesetzt.«

»Am besten gehen wir schnell zurück über die Brücke, solange wir noch heim nach Gans Anderswo können.«

»Gute Idee.«

»Seht euch nur an, wie tief der Riss unter der Brücke ist.«

»Hm. Ich kann mich täuschen, aber mir scheint, da unten leuchtet etwas. Ob da jemand wohnt?«

»Kaum. Petra, hast du eine Idee?«

»Ich habe eine Theorie. Ich muss aber erst mit Erdea und Luto sprechen. Vielleicht wissen sie mehr. Geht ihr dem Riss entlang und findet heraus, wie weit und wohin er führt. Wir sehen uns dann später.«

»Ist gut, bis später.«

»Machen wir uns auf den Weg.«

»Immerhin ist es ein schöner Tag für einen ausgedehnten Spaziergang.«

»Erdea? Luto? Seid ihr zu Hause?«

»Wir sind hier unten.«

»Was macht ihr?«

»Wir haben ein neues Spiel erfunden. Rate, was im blauen Ball ist. Liegst du falsch, musst du den nächsten über deinen Kopf halten und der andere darf ihn mit der Armbrust wegschießen. Dabei platzen die blauen Bälle so richtig schön.«

»Ihr habt eine Armbrust?«

»War in einem der blauen Bälle.«

»Hm. Könnt ihr euer Spielzeug bitte kurz weglegen?«

»Warum? Du kannst gerne mitspielen.«

»Nein, dafür ist jetzt wirklich keine Zeit.«

»Ach, komm schon, sei nicht so.«

»Wir haben eine gigantische Krise am Hals.«

»Nein, haben wir nicht. Wir tragen nicht einmal Halsketten und sicherlich keine Krise.«

»Seid bitte für einen Moment still und hört mir zu.«

»O. K., o. k., nun beruhige dich wieder etwas.«

»Nein, ihr mit eurem verdammten Aquarium. Ihr mit eurer Schnapsidee, das Universum die Toilette hinunterzuspülen. Wisst ihr denn nicht, was ihr angerichtet habt? Wart ihr heute den ganzen Tag nicht draußen?«

»Nein, wir waren hier unten und haben unser neues Spiel erfunden. Zudem – wie ich mich erinnere, warst du ein Teil unseres Planetenalchemie-Dream-Teams. Also egal, was es ist, du bist genauso mitschuldig wie wir. Wage es nicht, deine Mitverantwortung auf uns abzuschieben.«

»Ach, so habe ich das doch nicht gemeint. Es ist nur alles außer Kontrolle geraten. Habt ihr denn eure Videoüberwachung schon länger nicht mehr überprüft? Geschaut, was unsere Sterne und Planeten in der Kanalisation so treiben?«

»Seit gestern Abend nicht mehr. Das Universum hat die ganze Kanalisation leergegessen, seitdem schien alles ruhig. So haben wir uns unserem neuen Spiel gewidmet.«

»Überhaupt nichts ist ruhig. Wo habt ihr den Videoempfänger?«

»Oben.«

»Los jetzt, gehen wir rauf.«

»Petra scheint heute sehr gestresst zu sein.«

»Lassen wir sie besser nicht zu lange warten.«

»Seht ihr, hier, nichts ist in Ordnung.«

»Cool, die Planeten sind weitergewachsen.«

»Überhaupt nicht cool, sie haben den Boden aufgespalten. Ein riesiger Riss hat sich rund um Gans Anderswo aufgetan. Uns von der Umwelt abgeschnitten.«

»Wo sie wohl die ganze Energie und Materie für ihr Wachstum herhaben? Die Kanalisation war doch blitzblank leergefegt. Hatten plötzlich alle Bewohner unserer Siedlung gleichzeitig Durchfall?«

»Spielt doch keine Rolle. Wegen uns werden alle sterben.«

»Ach, Petra, komm, das wird schon gut gehen.«

»Wir werden als die Vernichter der Menschheit in die Geschichte eingehen.«

»Na, na, wenn wir alle Menschen vernichten, wer soll dann unsere Geschichte aufschreiben? Wen soll sie noch interessieren?«

»Vielleicht überleben ein, zwei arme Seelen.«

»Siehst du, noch besteht Hoffnung. Noch ist nicht aller Tage Abend.«

03 | Das Ende naht

»Die Kamera ist ausgefallen.«

»Welche?«

»Die in der Kanalisation. Sie wurde von einem Planeten zerquetscht. Ich konnte live dabei zusehen.«

»Oh.«

»War aber ein schöner Planet, schöner als unserer. Vielleicht sollten wir versuchen, auf ihn aufzuspringen, falls die Erde auseinanderbricht.«

»Die Erde ist stark, die wird nicht so einfach auseinanderbrechen.«

»Hoffentlich nicht. Wahrscheinlich bringt uns Petra gleich gute Neuigkeiten. Womöglich hat sich der Riss in der Erdkruste sogar wieder geschlossen.«

»Ich geh ihr die Türe öffnen.«

»Juhu, für einmal schickst du nicht mich.«

»Freu dich nicht zu früh. Nächstes Mal darfst du wieder.«

»Hallo, Petra.«

»Das Ende naht.«

»Nun sei nicht so negativ.«

»Der Riss ist schon mindestens zwanzig Meter breit und hundert tief.«

»Oh.«

»Er geht um ganz Gans Anderswo, wir sind komplett von der Außenwelt abgeschnitten.«

»Er geht nur um unsere Siedlung herum? Komisch.«

»Nein, die Risse breiten sich inzwischen kreuz und quer über die ganze Erde aus. Wie ich gehört habe, soll in der Hauptstadt ein heilloses Chaos herrschen. Alles spricht vom Weltuntergang.«

»Ach, so schlimm kann es doch nicht sein.«

»Ist es aber. Ich sehe wirklich keine Hoffnung mehr.«

»Oh.«

»Gerda meinte, sie wolle nachher noch runterkommen, um uns ein altes Buch zu zeigen.«

»Cool, sicherlich kennt sie ein Rezept, um unsere gute alte Welt zu retten.«

»Ich glaube kaum.«

»Wir werden sehen.«

»Gerda ist da.«

»Hallo zusammen. Oh, Petra, schau nicht so traurig drein. Kopf hoch, noch ist das Ende nicht gekommen.«

»Nur eine Frage der Zeit.«

»Das war es schon immer. Doch das Einzige, das eine Rolle spielt, ist, wie du deine Zeit nutzt.«

»Stand das in deinem Buch?«

»Nein, nein, mein Buch handelte von einer alten Prophezeiung. Leider habe ich es nicht mehr gefunden. Ich vermute aber, ich habe es jemandem ausgeliehen. ... Ja, genau, vor ein paar Jahren kam ein Herr Antonio vorbei und fragte mich nach dem Buch. Keine Ahnung, woher er wusste, dass ich es habe, aber er versprach, es mir, wenn die Zeit gekommen ist, zurückzubringen.«

»Und, hat er es dir zurückgebracht?«

»Nein, noch nicht, somit ist die Zeit noch nicht gekommen.«

»Ich wusste gar nicht, dass du an Vorhersehung und an ein vorbestimmtes Schicksal glaubst, Oma.«

»Tue ich auch nicht. Und doch, oft tritt es genauso ein wie prophezeit. Ob Zufall oder nicht, spielt für mich keine Rolle. Hauptsache, ganz Gans Anderswo wird gerettet.«

»Hm, da bin ich mir nicht so sicher.«

»Ihr wart damals noch lange nicht geboren, aber vor vielen, vielen Jahren wurde die Erde schon einmal fast zerstört. Seitdem ist die angewandte Planetenalchemie streng verboten. Aus Angst, jemand könnte den Versuch wiederholen, wurden alle Aufzeichnungen darüber gelöscht und alle Bücher und Zeitungen verbrannt. Natürlich wäre es besser gewesen, man hätte die Leute einfach gut über die Gefahren informiert und geschaut, dass niemand jemals wieder ein gewöhnliches Aquarium für das Planetenexperiment verwendet. Zumindest kein Anfänger. Planequarien sind dafür einfach zu wenig stabil. Jedes zweite brach auseinander. Selbst mit Goldfischgläsern hatte man bessere Chancen auf Erfolg.«

»Wie wurde damals die Erde gerettet?«

»Keine Ahnung, das ist schon zu lange her. Dr. Phla wüsste wohl Bescheid, er war derjenige, der mir das Buch mit der Prophezeiung gab. Schade, dass er sich aufgelöst hat. Wobei, es gab damals auch einige Stimmen, die behaupteten, dass das riesen Fiasko ganz alleine seine Schuld war. Er ging gerne an die Grenzen des Möglichen. Hach, was für wundervolle Planeten er in einigen seiner Experimente erschaffen hatte. Das war einfach wundervoll.«

»Erinnerst du dich noch, was im Buch stand?«

»Ich habe es nie gelesen.«

»Warum?«

»Keine Zeit. Zu viel zu tun. Das Übliche eben.«

»Och, Oma.«

»Nun sei doch nicht so traurig, Petra. Warum ich eigentlich zu euch hinuntergekommen bin: Es findet heute ein außerordentlicher 13. Markt statt. Kommt mit, das wird sicher großartig, das gab es noch nie in der über siebenhundertjährigen Geschichte des 13. Marktes. Los, auf. Hopp, hopp.«

»O. K., o. k. Besuchen wir noch ein letztes Mal den 13. Markt.«

»Nein, nein, der letzte wird es sicherlich noch lange nicht gewesen sein.«

»Los, gehen wir.«

02 | Die Zukunft der Kinder des Dr. Phla

»Seht nur, Giulianas Reggaeton Big Band von der blauen Weide ist wieder hier.«

»Cool. Tanzen. Juhe.«

»Was sich wohl da vorne in dem großen Wagen befindet?«

»Vielleicht Schaum für eine riesen Schaumtanzparty.«

»Wow, ein bisschen Musik und Schaum genügt euch schon, um zu vergessen, dass die Welt vor dem Untergang steht.«

»Weder die Musik noch der Schaum, sondern das Tanzen ist es, das uns alle Sorgen vergessen lässt. Hat bei dir, Petra, letztes Mal doch auch wunderbar geklappt. Fühltest du dich denn letztes Mal nicht auch gleich viel besser?«

»Ja, Luto, aber im Vergleich zu heute waren damals unsere Probleme nur ein winziger Fliegendreck.«

»Ne, das Problem ist immer noch das gleiche, unser außer Rand und Band geratenes Universum. Nun komm, gehen wir tanzen. Erdea und selbst deine Großmutter sind schon voll dabei.«

»O. K., o. k., ich komme. Tanzen wir durch den Untergang der Welt. Schlimmer kann es schließlich nicht mehr werden.«

»Das ist die gesuchte Einstellung. Los jetzt. Komm. Schwing deine Hüften. Tanzen.«

»Seht nur, hinter dem großen Wagen wird eine Bühne aufgebaut.«

»›Die Zukunft der Kinder des Dr. Phla‹ steht auf dem Banner darunter. Was das wohl zu bedeuten hat?«

»Vielleicht ein Geheimbund. Werde Mitglied und ein Ufo kommt dich retten. Was niemand ahnt: Die Aliens im Ufo haben uns Menschen wortwörtlich zum Fressen gerne.«

»Haha.«

»Nein, warte, jetzt erinnere ich mich. Das ist die Stiftung, welche die Gummiballfabrik beim alten Staudamm betreibt.«

»Was die wohl hier wollen?«

»Vielleicht war das Ganze ihr Tun und gar nicht unseres.«

»Nein, Petra, wir haben die Planeten erschaffen und das Universum die Toilette hinuntergespült. Daran gibt es nichts zu rütteln.«

»Kommt her, kommt her.«

»Oh, die Show beginnt.«

»Willkommen, liebe Freunde aus ganz Gans Anderswo. Ich bin der Antonio. Gefällt euch die Musik unserer Freunde von der blauen Weide?«

»Ja.«

»Ihr fragt euch sicher: Der Untergang der Welt scheint im Gange zu sein und wir feiern hier eine Party. Was soll das? Na, was soll man denn sonst machen als tanzen, als ob es kein Morgen gäbe, wenn es wirklich kein Morgen mehr zu geben scheint?«

»Noch mehr tanzen.«

»Haha. In der Tat.«

»Nun, ich habe eine gute und eine schlechte Nachricht für euch. Alles ist genau geschehen, wie es in diesem alten Buch von Dr. Phla und Professor Dee geschrieben steht. Und ja, die Erde wird wirklich komplett auseinanderbrechen.«

»Oh.«

»Habt keine Angst. Das ist nicht das Ende. Gemäß der Prophezeiung des nahezu allmächtigen Dr. Phla und seines Lehrers Professor Dee werden wir auch in Zukunft so viel tanzen können, wie wir wollen. Die Erde, wie wir sie kennen, wird zwar in der Tat zerstört, doch sie wird Teil eines neuen Großen und Ganzen. Denn die Sterne und Planeten in ihrem Inneren wachsen und wachsen. Sie werden sich unsere Erde unwiederbringlich einverleiben und mit dem bestehenden Universum zu einem neuen verschmelzen.«

»Oh.«

»Cool.«

»Buh.«

»Doch freut euch, ganz Gans Anderswo wird weiterbestehen. In weiser Voraussicht wurde unsere Siedlung so gebaut, dass sie unabhängig von der Erde funktionieren kann. Nur die Kanalisation werden wir erneuern müssen, alles andere sollte gemäß der Prophezeiung erhalten bleiben. Und das Beste am Ganzen: Die Hauptstadt und das verabscheute Kulturministerium werden sich fortan auf einem anderen Planeten befinden. Wenn wir Glück haben, sogar in einem anderen Sonnensystem.«

»Wow.«

»Bravo.«

»Cool.«

»Nun, ihr fragt euch sicher längst, was sich wohl unter der grünen Plane des großen Wagens versteckt.«

»Ja.«

»Eine Erfindung von unserem geschätzten Mitbürger Luto – Getränkebälle. Das sind rote Gummibälle, die mit einem Zapfhahn versehen wurden. Doch im Gegensatz zu den blauen sind sie nicht mit komprimiertem Wasser, sondern mit Glühwein mit gemahlenem Hufeisenstaub und fünffachem Schuss gefüllt. Ein Geschenk des Hauses.«

»Super.«

»Cool.«

»Danke.«

»Holt euch alle euren roten Getränkeball und dann ab die Post. Tanzen wir zusammen in ein neues Zeitalter. Feiern wir die Neugeburt unseres Universums!«

»Auf geht's.«

»Tanzen. Juhe.«

01 | Neubeginn

»Wow.«

»Wirklich wow.«

»All die Tiere und Pflanzen, die es hier gibt. Wow.«

»Flora und Fauna auf unserem neuen Heimatplaneten sind wirklich unglaublich.«

»Und so reichhaltig.«

»Ganz anders, als es auf unserer guten alten, verdorrten, halbtoten Erde jemals war.«

»Das ist wahrlich nicht zu vergleichen.«

»Jeden Tag können wir uns frisches Essen zubereiten. Müssen uns nicht mehr tagein und tagaus den langweiligen Einheitsbrei einverleiben.«

»Schau nur, all diese Papageien dort drüben.«

»Wow, haben die ein wundervolles, farbenfrohes Federkleid.«

»Ob sie wohl von unserem lieben Freitag abstammen?«

»Dann müssten wir beim Schwimmen aufpassen. Nicht, dass uns die Nachkommen unserer unsanft im schwarzen Loch entsorgten Wasserschildkröten aus Rache einen Zeh abbeißen.«

»Weißt du was?«

»Was?«

»Jetzt ist Gans Anderswo wirklich ganz anderswo.«

»Haha.«

»Hoffentlich haben alle Bewohner der Hauptstadt ebenfalls überlebt. Bei aller Missgunst hoffe ich doch, dass auch sie sich auf einem schönen Planeten eingefunden haben.«

»Wahrscheinlich haben die das ganze Tohuwabohu nicht einmal bemerkt.«

»Meinst du?«

»Die meisten von ihnen sind Tag und Nacht am Netzwerk angeschlossen und verbringen ihr ganzes Leben in der virtuellen Realität. Sofern das Netzwerk nicht ausgefallen ist, ist es gut möglich, dass sie von dem Ganzen nie etwas bemerken werden.«

»Schade. Ich kann mir gar nicht vorstellen, wie es ist, nur in der virtuellen Realität zu leben. Hier draußen an der frischen Luft ist es doch viel schöner.«

»Mit der Zeit kann der Geist keinen Unterschied mehr wahrnehmen. Ich habe sogar gehört, dass etliche Leute der Überzeugung sind, dass die Wirklichkeit die virtuelle Realität ist und die virtuelle Realität die Wirklichkeit.«

»Übel, übel. Da haben wir es hier viel besser.«

»Außer ...«

»Nein, kein Außer. Unser jetziges Sein ist die Wirklichkeit.«

»Punkt.«

»Genau.«

»Übrigens, weißt du, wo Petra ist? Sie wollte uns doch hier draußen treffen. Mit uns die regenbogenfarbenen Wälder erkunden.«

»Ich habe sie auf dem Weg hierher kurz gesehen. Sie meinte, es werde heute wohl nichts aus unserem gemeinsamen Ausflug. Sie will eine Widerstandsbewegung organisieren.«

»Eine Widerstandsbewegung?«

»Ja, gegen Antonios Diktatur. Es ist einfach unglaublich, was er sich erlaubt. Fühlt sich als Erlöser der Welt. Spielt sich auf wie ein allmächtiger Pharao. Dabei hat er nichts getan, als blaue Gummibälle mit komprimiertem Wasser, gefrorenen Tieren und allerlei Krimskrams zu füllen. Unseren neuen Heimatplaneten haben immer noch wir mit unserem Planequarium-Experiment erschaffen.«

»Soso, Luto, willst denn du unser neuer Führer sein?«

»Nein, die ganze Macht sollte nie nur in einer Person konzentriert sein. Aber das, was wir immer wollten und worüber wir oft diskutierten, wäre nett. Ein faires System mit viel Entfaltungsspielraum für alle und freien Mitbestimmungsrechten über das gesellschaftliche Zusammenleben, sodass alle, die wollen, sich einbringen und die Zukunft unserer Gemeinschaft beeinflussen und mitgestalten können.«

»In der Tat. Das wäre super.«

»Was mich völlig erstaunt, ist, dass die Jungs und Mädels von der blauen Weide Antonio bedingungslos folgen und seine Propaganda weiterverbreiten. Wie ich gerüchteweise gehört habe, waren sie die Anführer der Bewegung ›Geh besser raus auf die Weide‹, die größten Kritiker der alten Regierung, der alten Diktatur. Und nun unterstützen und bejubeln sie Antonio als ihren großen Retter und Anführer. Das kann es nun wirklich nicht sein.«

»Zum Glück werden wir Antonio bald los sein.«

»Willst du ihn auf einen anderen Planeten schießen?«

»Haha. Nein, wie ich gehört habe, plant er mit seinen Anhängern gen Süden zu ziehen, weit, weit weg von Gans Anderswo, um dort in einer Meeresbucht eine neue Hauptstadt zu gründen. Er soll gesagt haben, dass er es in unserer wundervollen Siedlung keine Minute länger aushält. Die Bewohner seien ihm hier zu eigensinnig und sturköpfig. Wahrscheinlich passt es ihm nicht in den Kram, dass wir uns sicherlich nie einem dahergelaufenen, selbsternannten Großmaul und Erlöser unterwerfen und unsere liebgewonnenen Freiheiten aufgeben werden.«

»Super. Dann ist bald wieder alles beim Alten. Alles, wie es vorher auf der guten alten Erde war.«

»Nicht alles. Auf unserer neuen Erde gibt es ein gesundes Ökosystem, für alle mehr Wasser und frische Nahrung, als wir je werden genießen können, und eine einfach unglaubliche Vielfalt an einzigartigen Pflanzen und Tieren.«

»Du hast recht. Auch wenn viele fluchen und schimpfen, kann man doch sagen, unser Planequarium-Experiment war ein voller Erfolg.«

»Nur müssen wir diesmal für unseren Planeten mehr Sorge tragen. Damit es auch so bleibt.«

»Übrigens, Erdea, rate, was ich im letzten blauen Ball gefunden habe.«

»Du hattest noch einen blauen Ball?«

»Ja, ich hatte ihn unter meinem Kopfkissen versteckt.«

»Cool.«

»Nun rate, was war drin?«

»Hm, ein neues Aquarium?«

»Haha. Du warst nur knapp daneben. Ich fand darin eine Steinmühle mit Diamantmahlwerk. Damit können wir alles zu einem feinen Staub zermalmen, egal wie hart es ist. Vielleicht sogar unser eigenes Planetenpulver herstellen.«

»Cool, jetzt fehlt uns nur noch ein neues Aquarium.«

»Bauen wir doch selbst eines zusammen.«

»Haha, du willst es wirklich wissen? Einen neuen Versuch starten? Ein neues Planequarium-Experiment wagen?«

»Ja, bist du dabei?«

»Sofort, nur diesmal stellen wir ein großes Schild vor unser Planequarium.«

»Ein Schild?«

»Für unsere lieben, neugierigen Papageien. ›Mit dem Schnabel auf die Scheibe picken ist streng verboten.‹«

00 | Aufwachen

»Aufwachen.«

»Nein.«

»Zeit zum Aufstehen.«

»Nein, muss noch schlafen.«

»Frühstück ist fertig. Nicht dass deine Frühstücksflocke wieder ganz krümelig wird und ich alles vom Boden aufputzen muss.«

»Nein, will noch träumen.«

»Muss ich wieder reinkommen und dich aus dem Bett werfen?«

»Na gut, na gut, ich komm gleich runter.«

»Guten Morgen, Mama.«

»Guten Morgen, mein Kleiner. Was hast du Schönes geträumt?«

»War cool. Zwei Geschwister haben sich in meinem Traum ein Planequarium gebaut. So eines möchte ich auch.«

»Ein was?«

»Das ist ein Aquarium mit Planeten drin. Ein Planequarium eben.«

»Haha, so ein Schmarrn. Jeder weiß doch, dass in Aquarien nur Fische leben. Sicherlich keine Planeten. Hast du deine schon gefüttert?«

»Meine Planeten?«

»Nein, deine Fische.«

»Noch nicht, ich gebe ihnen nachher ein Stückchen meiner Frühstücksflocke.«

»Sau mir einfach nichts auf den Boden. Du weißt, wie ich es hasse, wenn die blauen Elefanten durch die Brösel hereingelockt werden. Es ist immer so mühsam, sie wieder aus dem Haus zu kriegen. Kaum sind sie drinnen, blasen sie sich kugelrund auf und lassen sich nur mit größter Anstrengung wieder durch die Türe nach draußen schieben.«

»Jaja, vielleicht sollten wir es das nächste Mal mit einer Stecknadel versuchen.«

»Das wäre Tierquälerei. Zudem müsste ich dann die ganze stinkige Sauerei auffegen. Oder würdest du das übernehmen?«

»Hm, nein.«

»Übrigens, du solltest dich um den Posten des Geschichtenerzählers bewerben. Dann kannst du, wenn du groß bist, den ganzen Tag auf dem Marktplatz stehen und die Leute mit deiner unglaublichen Fantasie unterhalten.«

»Nein, ich will Bergsteiger werden.«

»Bergsteiger? Aber es gibt doch nur einen einzigen Berg. Willst du diesen den ganzen Tag lang hoch- und runterklettern?«

»Nein, ich bin mir sicher, da oben ist noch etwas anderes zu finden. Auch wenn alle sagen, da oben, da ist nichts, da hochzugehen, ist die Mühe nicht wert. Ich will da rauf, Beweise finden und der Menschheit präsentieren. Ich denke, als Bergsteiger habe ich das beste Rüstzeug dafür.«

»Hm, wenn da oben noch etwas wäre, hätte es bestimmt schon längst jemand entdeckt. Nein, ich glaube nicht, dass da etwas Neues zu finden ist. Zudem steht in allen Lehrbüchern schwarz auf weiß geschrieben, dass die Welt ein endlicher, achteckiger Kasten ist.«

»Aber von irgendwoher müssen doch das Licht und unser Essen kommen. Es kann doch nicht sein, dass sich unsere Nahrung täglich aus dem Nichts materialisiert und zu uns auf den Boden herunterrieselt.«

»Nein, natürlich nicht. Hast du wieder während der Sonntagsmesse geschlafen? Es ist das große, heilige, siebenköpfige Wesen aus einer anderen Dimension, das so gütig ist, uns unser tägliches Essen vorbeizubringen. Nur etwas zuverlässiger könnte es sein und am Wochenende auch immer zur gleichen Zeit vorbeischauen. Es ist schwierig, zu planen, wenn man nicht weiß, um welche Zeit es das nächste Mal frisches Essen gibt. Vor allem, wenn wir Gäste eingeladen haben.«

»Erwarten wir dieses Wochenende Besuch?«

»Ja, meine Schwester kommt mit ihren Zwillingen vorbei.«

»Cool, dann kann ich ihnen von meinem Traum erzählen. Da werden sie staunen.«

»Übrigens, hast du dein Netz geflickt?«

»Nein, ich musste noch mit meinen Fischen spielen.«

»Dann los, hol es. Wir müssen dein Netz unbedingt flicken, damit dir nicht wieder die Hälfte des Essens rausfällt. Ich will meiner Schwester kein Essen voller Staub und Dreck servieren.«

»Och.«

»Los jetzt. Hol es. Ich helfe dir.«

»Na gut.«

»Siehst du, da die Lasche durch, sauber verknüpfen und gut ist.«

»O. K. Danke.«

»Das nächste Mal kannst du das selbst.«

»Weiß nicht. Vielleicht.«

»Du musst dich wirklich mehr bemühen. Von mir aus kannst du ein Bergsteiger werden, aber auch als Bergsteiger musst du fähig sein, dein eigenes Essen aufzufangen, und das fängt mit dem Unterhalt deines Netzes an. Nicht dass du mir auf dem Berg verhungerst. Ich werde dir deine Mahlzeiten nicht hinaufbringen können. Du weißt, ich habe Höhenangst.«

»O. K., o. k. Ich werde es morgen selbst versuchen. Oh … Sieh nur … Der große Schatten. Das siebenköpfige Wesen ist mit unserem Essen da.«

»Schnell, gehen wir raus auf die Straße. Halt, vergiss nicht, dein Netz mitzunehmen.«

»Mist.«

»Schauen wir, dass wir uns heute die besten Stücke ergattern können. Du weißt, meine Schwester kommt zu Besuch, und ich will ihr nur die allerfeinsten Flocken servieren. Nicht, dass sie schon wieder damit angibt, bei ihr zu Hause wäre alles besser.«

Über den Autor

»Für mich ist Kunst eine Ausdrucksform. Ein Künstler transportiert mit seiner Arbeit – unabhängig von Form und Medium – seine Aussagen, Gedanken, Emotionen, Kritik, Träume … und bereichert damit das Leben derer, die sich von seinen Werken angesprochen fühlen.« Manuel Süess, 2014

Manuel Süess, 1981 in Luzern geboren, liebte es schon als Kind, sich Geschichten auszudenken, zu kreieren und zu gestalten.

2008, nach dem Abschluss seiner Ausbildung zum Dipl. Hotelier/Restaurateur HF/SHL an der Schweizerischen Hotelfachschule Luzern, begann er neben der Stellensuche sein künstlerisches Wirken und Talent weiterzuentwickeln. Eine Karriere als Künstler war damals ein weit entfernter Traum.

2011 machte Manuel Süess seine Begeisterung für die bildende Kunst zum Beruf, gründete seine Firma ART by MANUEL SÜESS und startete seine Karriere als Künstler und Autor. Seine Gemälde konnten bereits auf einer Vielzahl an Ausstellungen im In- und Ausland bewundert werden.

»Das Planequarium-Experiment« ist nach »Der Buchhalter« (2012) der zweite Roman von Manuel Süess.

Der Buchhalter | Roman | Manuel Süess

»Mit seiner einfachen, aber angenehm schnörkellosen Story auf dem schwierigen, weil in den letzten Jahren fleißig abgegrasten Terrain von Dan Brown vermag Süess zu packen.«
Zitat Fabian Kern, Schlaglicht Kulturblog der Basler Zeitung

Schon als Kind wird Hans Rudolf in die Geschäfte der Organisation eingeführt. Geheimhaltung ist das oberste Gebot, doch Intrigen und Machtgier bestimmen den Alltag. Nach dem frühen Tod seines Vaters übernimmt Hans Rudolf die Aufgabe, die veruntreuten Schriften aufzuspüren. Zur Tarnung erlernt er den Beruf des Buchhalters und wohnt mit 38 Jahren noch bei seiner Mutter. Ein letzter Auftrag steht an und niemand kann seine langersehnte Beförderung verhindern. Doch der Auftrag misslingt.

Taschenbuch, 244 Seiten, Deutsch
Verlag: ART by MANUEL SÜESS
Autor: Manuel Süess
ISBN: 978-3-9524087-0-4

E-Book, Kindle eBooks
ISBN: 978-3-9524087-1-1

Besuchen Sie uns im Internet:

www.art-by-manuel.com

www.ingramcontent.com/pod-product-compliance
Lightning Source LLC
Chambersburg PA
CBHW020640260626
47157CB00008B/2835